Missbraucht

FRANCESCA DEL SARDE

Missbraucht

Danksagung

Sie haben mich eine lange Wegstrecke begleitet. Und habe Ihnen in dieser Zeit tiefe Einblicke in mein Leben gewährt. Womöglich sind Sie dabei bis an Ihre Grenzen gekommen. Da, dass Buch kurz vor dem Abschluss steht, möchte ich mich bedanken für Ihren Einsatz.
Auch an alle Mitarbeiter die mehr hinter den Kulissen gearbeitet haben.
Francesca del Sarde

Bibliografische Information der Deutschen Nationalbibliothek:
Die Deutsche Nationalbibliothek verzeichnet diese Publikation in der Deutschen Nationalbibliografie; detaillierte bibliografische Daten sind im Internet über http://dnb.dnb.de abrufbar.

2., überarbeitete Auflage 2020
Grafik: andrey_l/ HstrongART/ Shutterstock.com
Satz, Umschlaggestaltung, Herstellung und Verlag:
BoD – Books on Demand, Norderstedt

ISBN: 978-3-7504-4789-9

Trotz alledem

Im Nebel verirrt
im Licht geblendet
in der Dunkelheit hingefallen
in der Kälte gezittert
in der Hitze gedürstet
im Wind zerzaust
im Regen durchnässt
an Gleichgültigkeit gelitten
durch Worte verletzt
mit Versprechungen hingehalten
vom Egoismus missbraucht
am Unvermögen verzweifelt
in Traurigkeit versunken
aufgrund meiner Andersartigkeit gescheitert
lebe ich dennoch
und wünsche
und hoffe
und vertraue
und warte
und glaube
und liebe
trotz alledem

Vorwort

Oft habe ich in den letzten Jahren daran gedacht, alles aufzuschreiben, was ich erlebt habe. Aus der Vorstellung war zunächst ein Wunsch geworden, der mich ständig begleitete und in den letzten Jahren immer konkreter wurde. Mit jedem Jahr des Älterwerdens rückte die Vergangenheit gedanklich näher. Wie besessen manifestierte sich mein Vorhaben, alles Erlebte mitzuteilen.

Ich sehe auf mein Leben zurück, auf die vielen schmerzhaften Erinnerungen, Tränen, die bis heute nicht getrocknet sind. Unfassbares Leid füllen die Kapitel meines Daseins, die fast unglaublich, unvorstellbar klingen, aber die Wahrheit sind.

Die vergangenen Jahre haben mich zur Ruhe kommen lassen, mir Distanz verschafft zu dem Geschehenen, dadurch konnte ich alles besser begreifen und verarbeiten.

Ich finde keine Antworten auf all die Fragen, die meinen Lebenslauf deuten könnten, doch es gibt Erklärungsversuche für mein Verhalten in dieser schlimmen Zeit.

Im Rückblick geht es mir nicht darum, Rache zu üben oder jetzt, so viele Jahre später, jemanden anzuklagen, nein, was hätte es auch für einen Sinn? Ich möchte mein gelebtes Leben, meine Hölle, beschreiben, alles, was mich zu der Person gemacht hat, die ich heute bin, da lässt sich nichts abschütteln.

Die Erinnerungen tauchen auf, plötzlich und unvermittelt. Geschichten und Bilder spielen sich vor meinem inneren Auge ab. Aber dann gibt es wieder eine Leere, keine Bilder, keine Gedanken, keine Gefühle, ein großes Nichts. Die Vergangenheit ist fassbar und manchmal auch unfassbar. Eine alte Narbe an meinem Kopf lässt mich gelegentlich spüren, was damals geschehen ist.

Ich will alles erzählen. Ab einem bestimmten Zeitpunkt ist

es auch nicht mehr wichtig, was die anderen denken, jetzt geht es darum, loszulassen und in andere Hände zu geben. Es wird sich schon alles fügen, wie ich es mir gewünscht habe, jedoch die Zeit ist endlich.

In der Vergangenheit ging es um Gewalt, Brutalität, Unterdrückung und die Angst als ständigen Begleiter.

Man wird sich fragen: Wie konnte dies alles geschehen, warum habe ich mich nicht gewehrt, warum nicht die Flucht ergriffen oder mir Hilfe gesucht? Warum verlassen Menschen, die in gewalttätigen Beziehungen leben, nicht ihre Peiniger? Viele Faktoren spielen eine Rolle, aber die Angst war der Hauptgrund bei mir, die Angst, nicht wirklich entkommen zu können und dass die Konsequenzen dann noch um ein Vielfaches schlimmer werden könnten.

Was tun in einem freien Leben, in dem ich zuerst ganz neue Verhaltensweisen lernen muss, um wieder andere Menschen zu finden, mit denen ich ein neues Lebensgefühl entwickeln kann? Wie kann ich mit der Angst umgehen, wenn mich die neue Freiheit in die Einsamkeit treibt, ohne jegliche Kontakte?

Gerade wenn man jung ist, ein Kind, eine Heranwachsende, dann gibt es nur dieses eine Leben, nämlich genau das, was man gerade führt, es gibt keine Vorstellung von einem anderen.

Beeinflusst die Kindheit das Leben des Erwachsenen so sehr, dass es nur einen einzigen Weg gibt, und zwar den, der bereits vorgezeichnet ist? Oder kann er diesen jemals verlassen? Verhaltensweisen, die in der Kindheit antrainiert wurden, setzen sich fest, sind immer wieder abrufbar. In ähnlichen Situationen verhalten wir uns mit 50 Jahren genauso wie mit fünf Jahren.

Unbewusst suchte ich die gleichen Verhältnisse und Bedingungen, die ich als Kind schon vorgefunden hatte, um das Erlernte wieder und wieder einzusetzen und vielleicht abzuarbeiten.

Wir, die Nachkriegsgeneration, suchten uns früher Schicksalsgemeinschaften: Es ging uns in der Familie gut, also suchten wir die Nähe von guten Menschen. Es ging uns in der Familie schlecht, also suchten wir die Nähe von Menschen, die es auch nicht gut mit uns meinten. Nur ein Beispiel für diejenigen, die unmittelbar nach dem 2. Weltkrieg geboren wurden, die meist in Armut aufwuchsen und wenig Chancen hatten auf eine gute Zukunft oder sie nicht wahrnehmen konnten: Frauen mussten als Mädchen die jüngeren Geschwister aufziehen und versorgen. Manche machten zwar eine Ausbildung, heirateten aber kurze Zeit später und bekamen selbst Kinder.

An Selbstverwirklichung war gar nicht zu denken. Wir führten den Haushalt und zogen den Nachwuchs groß, das hatten wir ja schon früh gelernt.

Unsere Eigenschaften waren: gehorsam sein, keine Widerworte geben, nicht klagen und keine eigenen Wünsche äußern. Das war eben früher so.

Aber jetzt will ich alles erzählen, von Anfang an mich erinnern, die bittere Geschichte meines Lebens.

Kapitel 1

Ich bin die Älteste von insgesamt zehn Kindern, aufgewachsen in ärmlichsten Verhältnissen auf dem Lande.

Nachbarn, die wegschauten, uns nicht mochten und dachten, wir hätten es so verdient.

Meine Eltern waren keine Eltern, sie waren nur unsere Erzeuger, die uns mit brutaler Gewalt ins Leben geführt haben. Es gab nie genug zu essen, oft mussten wir hungern. In unserem Haus war es im Winter meist kalt, da wir nicht genug Kohle zum Heizen hatten, wir haben gefroren.

Mutter und Vater waren auch nicht in der Lage, uns Kinder geistig und emotional auf das Leben vorzubereiten, wir wurden ein Produkt ihres Versagens.

Außerhalb unseres Hauses sollte die Schule eigentlich der Ort sein, der uns den richtigen Weg weist für unser späteres Leben. Ihr Auftrag ist es, alle wertvollen Anlagen der Kinder zur vollen Entfaltung zu bringen, ihnen ein Höchstmaß an Urteilskraft, Wissen und Können zu vermitteln und sie zu Persönlichkeiten reifen zu lassen. Eigentlich! Aber es war damals in meiner Schule ganz anders.

Respekt und Anerkennung habe ich nie erfahren. Der Lehrer bekam Wutausbrüche und ich war seine Beute. Die Schimpfwörter donnerten auf mich herab. Es sei vertane Zeit mit mir und überhaupt wüsste ich nicht, was Disziplin bedeute, man müsste es mir einhämmern, bis ich es begreifen würde. Das waren die Leitfäden meiner Schulzeit. Nicht nur aus verbaler, sondern auch aus körperlicher Gewalt bestand der Alltag in der Schule.

Ich war noch ein kleines Mädchen, was den Lehrer aber nicht davon abhielt, mich mit einem dünnen Stock zu schlagen, und er schlug immer fester auf meinen Körper, ein höllischer Schmerz.

Er benutzte auch seine Faust, die mich mit voller Wucht traf, unvorbereitet, und er setzte mich so dem Spott meiner Mitschüler aus. Ich stand geschockt da, niemand stellte sich schützend an meine Seite, verteidigte oder tröstete mich.

In den 50er Jahren gab es immer sehr viel Schnee und manchmal war es bitterkalt. Schon von zu Hause durchgefroren und oft hungrig, mit knurrendem Bauch, musste ich in die Schule gehen. Ich hatte uralte Schuhe an, deren Sohlen mit Nägeln beschlagen waren, so dass es beim Laufen klick-klack machte. Beim wöchentlichen Turnen musste ich meine Schuhe ausziehen, ich weinte, da meine Strümpfe voller Löcher waren, aber die Scham deswegen war noch größer.

Dem Lehrer wurde nicht widersprochen, sich nicht widersetzt. So war das eben zu dieser Zeit. Anfang 1950 hatte es noch nicht die große Freiheit gegeben, die später mit der Studentenbewegung übers Land schwappte. Es war noch nicht gerade lange her, da war ein ganzes Land mit Angst und Gehorsam regiert worden.

Da es der Lehrer oft auf mich abgesehen hatte, entwickelte ich Strategien, um nicht aufzufallen: Ich hielt den Kopf gesenkt, bewegte mich kaum, ich war immer ganz ruhig und weinte nicht, aber noch wichtiger war es, nicht zu lachen.

Was heute undenkbar ist und selbst in der Phantasie jeden Rahmen sprengt, gehörte damals zum täglichen Miteinander bzw. Gegeneinander. Gelacht wurde nur aus Boshaftigkeit, nicht aus Freude. Vielleicht wollten sich die Mitschüler einen Vorteil verschaffen, um selbst ins rechte Licht gerückt zu werden, indem sie andere auslachten und missgünstig waren. Schadenfreude war an der Tagesordnung. Je schlechter es dem anderen ging, desto mehr wurde gelacht.

Viele passten sich an, um nicht unterzugehen und nicht selbst in den Mittelpunkt von Beschimpfungen und Gewalt zu geraten.

Ich aber gehörte nicht zu ihnen, man hatte mich einfach ausgeschlossen und zur Außenseiterin gemacht. Wenn ich etwas nicht wusste oder nicht verstanden hatte und nachfragte, wurde ich verhöhnt und wie gewohnt lauthals ausgelacht.

Wenn wir uns in einen Kreis stellen sollten, wollte niemand neben mir stehen, geschweige denn meine Hand nehmen, mich bloß nicht anfassen. Mir sollte das Gefühl der Gemeinschaft, der Einheit mit den Schülern meiner Klasse verwehrt bleiben. Jedes Kind gehörte dazu, nur ich nicht.

Immer wieder stand der Lehrer da und beobachtete uns, die Kinder seiner Klasse. Er hatte ein bösartiges Grinsen im Gesicht, als ob sich seine Mission erfüllte, nämlich mich auszuschließen. Das hatten alle anderen auch schnell begriffen. Von oben herab sahen sie auf mich, missbilligten mein Aussehen, keiner sprach mit mir, keiner wollte etwas mit mir zu tun haben.

Ich fügte mich und nahm die Rolle des Einzelgängers an, schüchtern und ängstlich, das Mädchen aus dieser schrecklichen Familie.

Einmal machte die Klasse einen Ausflug in den Wald. Der Lehrer erklärte uns vieles. Wieder einmal stand ich abseits. Als plötzlich eine Ringelnatter aus dem Laub hervorkam, spielte ich wieder eine Rolle. Der Lehrer bemerkte, dass ich Ekel vor der Schlange bekam, und genau darum sollte ich sie anfassen. Als ich es wagte, mich zu weigern, wurde er böse und gab mir eine Ohrfeige. Ich wurde allein in die Schule zurückgeschickt, bestraft und entwürdigt für ein normales kindliches Verhalten.

Man sah mir an, woher ich kam. Im Dorf kannte jeder jeden. Alle wussten, was sich bei uns zu Hause abspielte. Es wurde getuschelt mit vorgehaltener Hand, Blicke ausgetauscht, die Augen verdreht. Auch wenn ich es nicht immer sah, ich spürte die Verachtung der Menschen um mich herum.

Sie redeten, dass wir nichts zu beißen haben, aber abends ausgehen, das ginge, und jedes Jahr ein Balg zeugen, wer da wohl der Vater wäre.

Wir waren so unbeliebt und hatten einen schlechten Ruf im Dorf. Die Eltern interessierte das nicht, aber wir Kinder bekamen das am meisten zu spüren.

Die Schule war da kein Schonraum. Im Gegenteil, da passierte im Kleinen, was in der dörflichen Gemeinde im Großen geschah, nämlich Ausgrenzung, verletzende Worte und Verurteilungen, wofür auch immer.

Bei jedem Schuljahreswechsel bekam die Klasse einen neuen Lehrer. Es änderte sich fast nie etwas, es wurde weitergeprügelt, an den Haaren gezogen und mit Verachtung gestraft. Nicht alle waren solche Quäler und Zerstörer. Ich erinnere mich an einen jungen Lehrer, der plötzlich da war und vor dem wir uns nicht ducken mussten. Es gab auch eine nette Lehrerin, die sogar ab und zu lächelte, ich konnte es kaum glauben, sie meinte auch mal mich.

Aber leider waren die anderen in der Überzahl. Sie erschienen übermächtig, selbst für die neuen, jungen Lehrer, die vielleicht mit ganz anderen Vorstellungen ihre Stelle angetreten hatten.

Viele Jahre später traf ich einen von ihnen zufällig auf der Straße, wir konnten uns nicht ausweichen. Er erkannte mich, wir kamen ins Gespräch. Ich merkte schnell, wie er sich schämte für sein Verhalten in der Schulzeit damals. Er sagte, er habe nicht genug Kraft gehabt, gegen die Missstände anzugehen. Er sei ein Opfer seiner Zeit und bedaure das sehr. Sein Blick senkte sich. Wir wünschten uns alles Gute und gingen auseinander. Ich weiß nicht, ob ich eine konkretere Entschuldigung erwartet hatte, aber sein schlechtes Gewissen und die Einsicht waren schon ein Schritt in die richtige Richtung. Das Gespräch und die damit verbundene Erinnerung hatten mich sehr aufgewühlt.

Wenn ich nach der Schule auf dem Heimweg war, geschah es gelegentlich, dass ein Mann mit heruntergelassener Hose dort auf mich wartete und sich mir zeigte. Ich hatte Angst und war beschämt. Ich traute mich nicht, es irgendjemandem zu erzählen, es glaubte mir sowieso keiner, am Ende war ich noch schuld. Ich sah als Mädchen schon reifer aus als andere in meinem Alter. Die Spuren des Lebens hatten mich bereits geprägt und älter wirken lassen.

Vielleicht beflügelte das die Phantasie dieses Mannes, an dem ich angewidert vorbeigehen musste.

Ich bin vor einiger Zeit noch einmal in dem Dorf gewesen, wo ich zur Schule ging. Ich folgte meinem damaligen Schulweg und sah den Eichenbaum wieder, bei dem ich so oft Trost gesucht hatte. So groß und alt stand er immer noch da, als hätte er auf mich gewartet. Liebevoll und weise hörte er mir in meiner Kindheit zu, er war geduldig und konnte schweigen, mein großer, starker Freund, der mich beschützte. Meine Wut, meine Trauer, den Hass, die Demütigungen, alles konnte ich ihm erzählen.

Ich war immer ein ruhiges und stilles Kind gewesen, ein Kind, das sich oft selbst genug war. Für mich allein sein, das fand ich gar nicht so schlimm. Im Sommer ging ich gern spazieren, lief über die Wiesen und fand immer einen Platz, an dem ich ungestört meinen Gedanken nachhängen konnte. In der Natur kam ich zur Ruhe. Diese tat mir unendlich gut, sie ließ meinen Kummer entgleisen, machte den Schmerz lautlos. Hier, in der selbst gewählten Einsamkeit, gab es genug Platz für meine Phantasiewelt. Hier waren die guten Menschen zu Hause. Ich malte mir in allen Farben aus, wie das Leben sein könnte. In meinen Tagträumen hatte ich eine liebevolle Mutter, die das Mittagessen auf den Tisch stellte, der Vater hatte eine Arbeit, ging redlich morgens aus dem Haus und kam abends freudig wieder heim. Wir führten ein ganz normales Leben. Es war warm und ich war immer satt.

Dann ließen mich die Geräusche der Tiere, ein krächzender Vogel etwa, wieder aus dieser Welt erwachen. Unruhe überfiel mich, Gedanken an das, was mich zu Hause wieder erwarten würde. Ich wusste, der Albtraum beginnt von neuem.

Aber diesen Zufluchtsort konnte ich wieder aufsuchen, wann immer ich wollte. Ich trug ihn ja bei mir. Das ging sogar in der Schule, in der Pause, wenn mir irgendjemand ins Ohr brüllte und mich in den Arm kniff. Sogar zu Hause, wenn ich frierend und mit knurrendem Magen versuchte meine Hausaufgaben zu machen.

Zu Hause, das war keine Zuflucht, das war die Hölle, so schrecklich, wie man sie sich nur vorstellen kann.

Kapitel 2

Mutter hat sich nie richtig um uns Kinder gekümmert; wir waren verwahrlost. Sie war eine vergnügungssüchtige Person, hatte immer andere Männer, es war einfach nur widerlich.

Nie war genug Geld da, so dass meine Geschwister und ich hungern mussten. Ich wurde geprügelt mit einem dünnen Schlauch von der Waschmaschine, mein Körper war gezeichnet von blauen Flecken, wie so oft.

Einmal gab Mutter mir den Befehl, ich solle Waschpulver holen, in dem üblichen Ton, ohne bitte oder danke zu sagen, das kannte sie nicht. Aber das Waschpulver lag ganz oben auf dem Schrank und ich war zu klein, um da ranzukommen. Der Schrank war zweigeteilt, also stieg ich auf den unteren Teil und zog mich am oberen hoch. Ich fiel mit dem Oberteil auf den Rücken und die Schrankhälfte lag mit dem ganzen Gewicht auf mir drauf. Die Lebensmittel waren überall verstreut, der Boden war übersät mit Zucker, Mehl, Dosen und Flaschen. Irgendjemand befreite mich und ich konnte aufstehen. Ich tastete vorsichtig meine Beine ab und bemerkte ein großes Loch in meiner Kniekehle. Es blutete tatsächlich nicht, warum auch immer. Das Ganze reichte für die Mutter, mich erst einmal zu verprügeln, für das, was ich getan hatte. Ich wollte ihr doch nur gehorchen, sie hätte wissen müssen, dass ich den oberen Schrank nicht erreichen konnte. Ihre Boshaftigkeit führte zu diesem Unglück.

Das Geschehene war kein Spaß. Da war nicht etwas kaputtgegangen, weil wir Kinder getobt hatten oder eben fahrlässig handelten. Auch keine Wut- oder Verzweiflungstat steckte dahinter, um Mutter Schaden zuzufügen. Nein, einen Schrank umwerfen, der laut und krachend zu Boden geht, so dass alle kommen und nachschauen, ist kein Spaß und keine Absicht, es ist zu gefährlich gewesen.

Ich war verletzt und so geschockt, dass ich kein Wort mehr sprechen konnte. Völlig verstört musste ich die Schläge der Mutter hinnehmen, weil ich ja noch stehen konnte, es war ja nicht schlimm genug gewesen, also noch mal drauf, am besten, ich würde krepieren.

Ich weiß nicht, wie lange ich in der Ecke stand, voller Schmerzen, benommen, die Welt nicht mehr verstehend.

Irgendwann ging man doch mit mir zum Arzt und er schickte mich in ein Krankenhaus.

Aus der Mutter kamen dann die Worte, dass sie uns besser den Kopf abgeschlagen hätte, direkt nach der Geburt. Sie war krank und vernichtete unsere Kinderseelen.

Der Vater hatte denselben üblen Charakter. Es erwischte uns Kinder bei beiden Elternteilen. Wir hatten keine Unterstützung, keine Hilfe, keine Chance, der häuslichen Gewalt zu entfliehen. Verzweifelt mussten wir uns all dem ergeben, ohne jegliche Zuwendung und Liebe. Auch wenn wir Kinder aneinander festhielten, konnten wir das erbärmliche Verhalten der Eltern nie auffangen oder gemeinsam verteidigen, wir hatten zu viel Angst.

Als ich noch ein Säugling war und oft schrie, da prügelte mich der Vater, damit ich aufhören sollte. Mit einem Gegenstand schlug er mir auf den Kopf, so dass ich ein Loch darin hatte. Die Narbe ist bis heute noch sichtbar. Er war voller Hass, weil ich in seinem Leben nicht vorgesehen war und ich mich nicht still in dieses Leben einfügte.

Ich kann es bis heute nicht begreifen, wie die Eltern so tief gesunken sind, sie kamen beide aus gutem Hause.

In meiner Familie wurde ich von den Eltern und Geschwistern als schwarze Zigeunerin beschimpft, wegen meiner dunklen Hautfarbe. Ich fühlte mich beschämt und rieb täglich meinen Körper mit einer rauen Bürste und Kernseife ab, weil ich glaubte, der dunkle Teint würde so verblassen. Mutter war nicht zimperlich mit ihren Kommentaren und meinte, ich würde immer eine schwarze Zigeunerin bleiben. Heute bin ich stolz auf meine Hautfarbe und verstecke mich nicht mehr.

Auch im Leben der Mutter waren wir zehn Kinder nicht vorgesehen, das erfüllte sie mit Hass. Warum sie uns alle gezeugt haben, ich weiß es nicht.

Mutter entfernte mich sehr oft aus der Wohnung, sie wollte mich nicht mehr sehen, mich weghaben. Ich war Ballast, und dies war der einfachste Weg, mich loszuwerden. Das ist ihr auch gelungen, denn ich bin weggelaufen, geflüchtet bis in den Wald, angekommen in der Natur, meinem schützenden Heim. Drei volle Tage habe ich mich dort versteckt. Ich konnte nur für kurze Zeit wieder durchatmen, mich erholen von der bösen Mutter. Als Hunger und Durst unerträglich wurden, musste ich mein Versteck verlassen und trat den Weg nach Hause an. Kraftlos stand ich vor der Tür. Mutter öffnete und bereitete mir einen Empfang voller Zorn und schlug wieder zu. Sie zeigte weder Angst noch Sorge wegen meines Wegbleibens.

Wir wohnten auf dem Dorf in einem sehr alten Haus. Wenn die Eltern abends allein weggingen, wurden die Fenster mit alten Decken zugenagelt, so dass es stockdunkel war, wir konnten die Hand nicht vor den Augen sehen. Wie das Vieh wurden wir eingesperrt, alles wurde verschlossen. Wir konnten nicht einmal auf die Toilette gehen, wir machten auf den Fußboden. Wir lebten in einem für diese Gegend typischen Fachwerkhaus, gebaut aus Lehm, Stroh und Holzbalken. Nicht auszudenken, wenn wir Kinder mit Feuer gespielt hätten, wahrscheinlich wären wir alle verbrannt.

Unser Haus war auch äußerlich genauso abstoßend wie das, was sich im Inneren menschlich abspielte, ein Aushängeschild für übelste familiäre Zustände. Der Unrat wurde einfach an der Hauswand entsorgt und zog die Ratten an, die sich sichtlich wohl bei uns fühlten. Hier und da gab es auch Mäuse im Haus. Mutter wollte mal eine erschlagen, aber ich konnte das verhindern, ein kleines Erfolgserlebnis gegen ihre brutale Allmacht.

Die Mutter war schwanger, wieder einmal, für uns nichts Ungewöhnliches, es bedeutete aber mehr Stress und Ängste für uns Kinder. Als sie im Krankenhaus war, die Wehen hatten eingesetzt, waren wir mit dem Vater allein zu Hause. Er wollte sich auf den Weg machen, zog die Jacke an und wischte sich mit dem Taschentuch über seine Schuhe. Wir schauten ihn fragend an, er sagte nichts, und wir begriffen, was los war. Er ging nicht zur Mutter, die gerade sein Kind gebären sollte, sondern zu einer anderen Frau. Ich weinte, bettelte und flehte ihn an, dass er uns nicht hier zurücklassen sollte, aber es interessierte ihn nicht. Also verdunkelte er, wie immer, mit den Decken und Tüchern die Fenster, verriegelte die Türen und ließ uns allein zurück.

Im Krankenhaus kam ein Kind zur Welt, das nicht lebte. Die Mutter hatte eine Totgeburt. Der Vater ging nicht ins Krankenhaus, er besuchte nicht die Frau, mit der er verheiratet war und die sein totes Kind geboren hatte. Er kümmerte sich auch nicht um die Beerdigung des Säuglings. Als die Mutter aus dem Krankenhaus kam, erzählte sie, dass dieses Kind im Krankenhaus verbrannt worden sei.

Es dauerte nicht lange, da war die Mutter wieder schwanger.

Kapitel 3

Irgendwann wollte mich die Mutter nicht mehr haben. Sie gab mich einfach weg zur Oma.

Da begann für mich ein neues Leben. Die Zeit mit Oma war schön, ich konnte mich erholen. Endlich hatte ich genug zu essen, musste nicht mehr hungern. Und es gab keine Schläge mehr. Die Oma war eine kluge Frau, sie förderte mich, wo es nur ging, und vermittelte mir viel Wissen.

Manchmal musste ich vor meiner Oma ins Bett gehen, in dem wir beide schliefen. Wenn sie sich zu mir legte, weckte sie mich und fragte, ob ich gebetet hätte, ich dürfte niemals lügen.

Oma lehrte mich, an Gott zu glauben und die Bibel zu lesen. Schon als Kind kannte ich viele Textstellen daraus auswendig. Die Bibel gab mir Halt. So kam es, dass ich oft in meiner Verzweiflung nach Gott gerufen habe, ihn um Hilfe bat, wenn es im Kampf mit der Mutter oder dem Vater wieder aussichtslos schien. Aber Gott hat mein Rufen nicht gehört; ich war bitter enttäuscht und fühlte mich im Stich gelassen. Ich war ein Kind, naiv, und wusste noch nicht, dass er trotzdem an meiner Seite war.

Ich habe auch andere Bücher gern gelesen. Oma kam immer mit Herzschmerzromanen. Ich war wild darauf, obwohl es für meine Kinderseele sicher nicht das Beste gewesen ist. Doch ich bin eingetaucht in eine heile Welt, in der man die Probleme lösen konnte und es viel Liebe gab, alles, was ich mir erträumte.

Zu Hause bei Mutter durfte ich nicht lesen, sie wurde böse und hat es mir verboten. Lesen bedeutete Bildung und Unterhaltung. Mutter befürchtete vielleicht, ich könnte durch das Lesen von Büchern Wissen erlangen und sie somit durchschauen oder auf sie herabsehen. Die Gefahr einer geistigen Haltung gegen sie wollte Mutter unbedingt vermeiden.

So kam es, dass ich auf dem Speicher ein Versteck für meine

Bücher fand, was jedoch durch den porösen Fußboden eine Gefahr darstellte, nämlich der Absturz in die Tiefe bei einem falschen Schritt. Es war seltsam, aber das jagte mir keine Angst ein. Im Gegenteil, die Tiefe wirkte wie ein Magnet, ein Risiko, für das es sich lohnte, wertvolles Gut dort oben zu verstecken. Ein kleines Abenteuer, das mich für kurze Zeit vom Schmerz befreite.

Aber bei Oma durfte ich lesen.

Manchmal erzählte sie mir abends noch Geschichten aus ihrer Jugend. Ihre Stimme war warm und ich spürte ein nie gekanntes Wohlgefühl und Geborgenheit. Sie meinte es einfach gut mit mir.

Sie nahm mich beschützend an die Hand und ging mit mir spazieren in der Natur, die ich so liebte und die mich so oft im Leid entspannen ließ. Abends schaute ich mit Oma in den Himmel, dieser schöne Blick nach oben in die Sterne gab mir Momente des Friedens. Dann suchte ich mir einen leuchtenden Stern aus, auf dem ich allein wohnen wollte, umgeben von dem Glanz der anderen, raus aus der Dunkelheit meiner Kindheit.

Aber auch wenn der Himmel mal trüb war und es regnete, schaute ich hinauf. Der Himmel weinte mit mir, er teilte meine Traurigkeit. Mitleid, das ich von den Eltern nie kannte.

Das waren schöne, warme Augenblicke, die ich mit meiner Oma erleben durfte. Ich wünschte, sie würde mich nie allein lassen.

Aber auch bei ihr und mit ihr waren die Zeiten nicht immer so einfach.

Oma wohnte in ihrem Haus nicht allein mit mir. In der oberen Etage lebte der andere Teil der Familie. Die Schwester der Mutter, also meine Tante, und deren Kinder, ein Junge und ein Mädchen. Die Cousine betrachtete mich von Anfang an als Eindringling. Sie hatte ihre kleine heile Welt, in der sie vor ihrer strengen Mutter so oft sie wollte zur Oma flüchten und sich von ihr trösten lassen konnte. Die Cousine war hinterhältig und log.

Sie wollte ihr Revier verteidigen und war vom ersten Tag an darauf aus, mich von dort wegzukriegen. Ihr war jedes Mittel recht. Wenn sie etwas angestellt hatte, schob sie es mir in die Schuhe. Ich verteidigte mich und versuchte alles klarzustellen, aber mir wurde nicht geglaubt. Die Cousine überzeugte und konnte gut Geschichten erfinden. Auch meine Oma glaubte ihr, ich war so enttäuscht. Wieder traten Lügen in mein Leben. Warum? Hatte die Cousine die älteren Rechte, war sie mehr wert als ich? Oder sah meine Oma mich als Abbild ihrer anderen Tochter, vor der sie mich eigentlich gerettet hatte? Ich war so traurig, dass Oma mir nicht vertraute und auf der anderen Seite stand.

Nach einiger Zeit kam ich wieder zurück ins Elternhaus. Dort blieb ich nicht lange, denn plötzlich stand doch die Oma vor der Tür und holte mich wieder zu sich. Sie wusste, dass es mir nicht gut ging, und sie konnte den Gedanken nicht ertragen, dass aus mir so gar nichts werden sollte. Sie hatte auch eine Kämpfernatur und ließ sich von niemandem vorschreiben, für wen sie sich einsetzen wollte, schon gar nicht von ihrer eigenen Tochter, deren Lebenswandel nichts mit dem ihren zu tun hatte.

Es geschah aber sehr oft, dass sie sich den Eltern beugen musste, so bei einem Laternenumzug.

Ich war freudig dabei, trug stolz meine bunte Leuchte. Ich wusste nicht warum, aber Mutter zog mich plötzlich aus der Mitte der Kindermenge. Ich war so erschrocken und weinte. Oma wollte mich wieder zurückholen und wurde massiv von den Eltern beschimpft. Jetzt weinte ich auch um meine Oma.

Mit 14 Jahren wurde ich konfirmiert. Alles war sehr feierlich, die Atmosphäre in der Kirche war etwas Besonderes. Für einen Moment fühlte es sich an, als läge eine schützende Hand auf meiner Schulter. Die Orgelmusik, der Gesang, die Worte des Pastors, das Sonnenlicht, das durch die vorderen Bankreihen fiel, all dies war einfach himmlisch. Am liebsten hätte ich dieses schöne Bild festgehalten für die Ewigkeit.

Nach der Segnung und dem Gebet war alles vorbei, schneller, als mir lieb war. Als wir aus der Kirche kamen, war der Platz voller Menschen, alle hatten Geschenke mitgebracht. Ich stand irgendwo dazwischen, allein. Ich schaute mich um, immer mit einem kleinen Hoffnungsschimmer, dass dort auch jemand mit einem Geschenk auf mich zukommen würde. Vielleicht die Mutter oder jemand aus der Nachbarschaft? Viele Leute waren zu sehen, freudige Gesichter, aber niemand kam zu mir.

Meine Cousine und ich wurden zusammen konfirmiert, zu der Zeit lebte ich wieder bei den Eltern. Von meiner Oma hatte ich lange nichts gehört, sie hatte sich wieder vollkommen abgewendet, ich vermisste sie so sehr. Die Streitigkeiten mit ihrer Tochter lagen immerzu in der Luft. Dagegen konnte ich nichts ausrichten. Ich begriff es aber nicht und wartete jeden Tag darauf, dass sie mich wieder zu sich holen würde. Aber sie kam nicht.

Oma hatte entschieden, bei der Tante und der Cousine zu feiern. Die Cousine bedachte mich mit einem abschätzigen Blick. Sie wusste, dass unsere Oma, die jetzt wieder nur ihre Oma war, nicht zu uns in die Familie kommen wollte. Nämlich nicht zu der Tochter, die nichts taugte, und auch nicht zu mir, ihrer Enkelin, für die sie vor kurzer Zeit noch gekämpft hatte, um sie vor der heruntergekommenen Familie zu schützen.

Ich bekam an diesem besonderen Tag keinen Besuch, weder von Verwandten oder Nachbarn noch von Freunden. Ich hatte von niemandem etwas zu erwarten.

2010 bekam ich eine Einladung zur goldenen Konfirmation. Ich wollte dabei sein und testen, ob sich seit den 50er Jahren etwas bei diesen Menschen verändert hat. Nichts hat sich verändert. Ich hasse das ganze Dorf.

Es war sehr schwer, dieses Hin und Her, aber die Zeit mit meiner Oma hat mich geprägt und ich möchte sie nicht missen. Aus heutiger Sicht kommen mir diese Jahre wie ein Geschenk vor, wie ein Ruhekissen, auf dem ich mich erholen durfte, bevor es weiterging mit meiner Odyssee.

Oma hatte außer ihren Töchtern noch zwei Söhne, die sie beide zu Lebzeiten verloren hat. Sie hat bis zu ihrem Ableben vor 45 Jahren Trauer getragen, so sehr hatte sie darunter gelitten. Nun leide ich bis heute unter ihrem Verlust, sie ist fast täglich in meinen Gedanken und dann rede ich mit ihr:

»Liebe Oma,

es ist ein grauer Novembertag und meine Gedanken weilen bei dir. Ich denke oft an die gemeinsame Zeit, die ich mit dir verbringen durfte. Es war sehr schön und ich vermisse dich. Wie gern würde ich noch einmal meinen Kopf an deine Schulter legen, dir meine Sorgen, meinen Kummer anvertrauen. Oma, ich fühle mich so allein. Die gemeinsamen Rituale abends, wenn wir zusammen in einem Bett schliefen, und du hast mir einen Kosenamen gegeben: *Walli*. Manchmal kamst du später ins Bett, ich war schon am Schlafen. Du hast mich geweckt, deine Stimme höre ich noch: ›Walli, Walli, hast du gebetet?‹ Ich antwortete: ›Ja, Oma!‹ ›Lüg nicht‹ , sagtest du, und ich entgegnete: ›Oma, ich lüge nicht.‹

Das Mittagsgebet war ein Muss. Du hast an Gott geglaubt, aber nie den Weg in die Kirche gefunden, was war da passiert? Es ist auch nicht so wichtig, es soll dein Geheimnis bleiben. Wichtig ist, dass ich durch deine Erziehung den Glauben an Gott und die Menschen nicht verloren habe. Oma, ich bin dir dankbar für alles, was du für mich getan hast. Und du hast mich geliebt und zur Ehrlichkeit erzogen. Als ich erwachsen wurde, musste ich meinen eigenen Weg gehen, der war steinig. Aber du bist nicht allein geblieben, du hast dir ein neues Enkelkind geholt. Es war mein Bruder, ihn hast du ebenso liebevoll und mit einer innigen Hingabe versorgt. Er liebte dich abgöttisch. Manchmal in besinnlichen Momenten, kommen unsere gemeinsamen Erinnerungen hinzu, die schönen und die schlechten. In einem sind wir uns einig: Unsere Oma ist die Beste. Was wäre aus uns geworden, wenn wir dich nicht gehabt hätten! Traurigkeit, Einsamkeit, Angst und Verzweiflung hätten uns überflutet.

Ich habe dich lieb, Walli!«

Kapitel 4

Nach der Schulentlassung fand ich einen Ausbildungsplatz als Schuhverkäuferin, die Arbeit machte mir Freude. Es begann ein neues Leben, weil es mir endlich einmal gut ging. Ich bekam ein eigenes Zimmer, ein Reich für mich ganz allein, in dem ich die ersehnte Ruhe fand, es war unglaublich. Dort wollte ich viele Bücher lesen, lernen für die Schule, für meine Ausbildung, um ein gutes Zeugnis zu bekommen.

Aber dieses Glück sollte nicht lange andauern. Es war eine kurze Zeit, in der ich hoffen konnte, mein Leben würde sich doch einmal ändern. Aber Mutter fing wieder an, mich zu tyrannisieren. Sie verbrannte meine Bücher, sogar die Schulbücher. Sie holte ständig Geld von meinem Arbeitgeber, so dass ich nie eigenes besaß. Sie nahm alles an sich, was ich verdiente, und gab es aus, mir blieb nichts. Ich konnte nicht einmal mit dem Bus zur Arbeit fahren, sondern musste zwölf Kilometer bis dorthin zu Fuß gehen.

Mutter war herzlos und egoistisch, ich schämte mich so sehr vor meinem Arbeitgeber.

Aber damit nicht genug, sie machte immer wieder Schulden, die sie nie zurückzahlte, bis sie ins Gefängnis kam. Eines Tages, während ich auf der Arbeit war, kam eine Bewährungshelferin ins Geschäft. Sie sprach mit meiner Chefin und wollte Geld haben, scheinbar meinen verdienten Lohn, als Pfändung für die Schulden meiner Mutter, aber sie gab ihr nichts. Mit diesem Wissen setzte sie mich von nun an auf der Arbeit unter Druck. Wenn ich nicht tadellos gehorchte, würde sie allen erzählen, dass meine Mutter im Gefängnis sei.

Mutter hatte auch aus dieser Zeit nichts gelernt. Ihre krankhafte Gier nach Geld und Konsum verleitete sie wiederholt, Schulden zu machen, ja sogar Unterschriften zu fälschen. Wir waren alle von ihrem kriminellen Handeln betroffen, und ich habe alles geschehen lassen und mich nicht gewehrt. Ich war nicht in der Lage, ihr Einhalt zu gebieten und zu erklären, was Recht und Unrecht ist, weil mich die Angst vor dieser Frau beherrschte. Es folgten Demütigungen, Verleumdungen und Intrigen, denen ich aufs Neue ausgesetzt war.

Meine Geschwister waren mittlerweile im Heim. Es war so bitter, aber alles war besser, als zu Hause zu leben. Ich wünschte mich auch dorthin, nur weg von der Mutter.

Geld war das Thema. Es gab nie genug, wir lebten am Limit und waren froh, wenn wir mal satt wurden, etwas Vernünftiges zum Anziehen hatten oder eine warme Stube. Leider blieben die Wünsche meist unerfüllt. Wie armselig unser Leben, unsere Kindheit doch war.

Mutter schickte mich ohne Geld zum Einkaufen. Sie ließ mich einfach so gehen, in der Hoffnung, dass ich die Situation schon richten und mit den Lebensmitteln nach Hause kommen würde. Als ich den Einkaufszettel im Laden vorlas und die Sachen vor mir auf der Theke standen, konnte ich nicht bezahlen. Ich wurde beschimpft, schämte mich vor all den Leuten und habe mir geschworen, nie wieder in so eine Situation zu kommen.

In der Familie konnte keiner mit Geld umgehen. Sobald etwas da war, wurde es mit vollen Händen ausgegeben. Einmal im Monat kam das Kindergeld per Post. Mutter gab es nicht in den Haushalt oder für uns her, sie ging in die Stadt und verprasste es für sich. Wir Kinder mussten am Ende drei Tage hungern.

Wie so oft bekamen wir nicht genug zu essen und versuchten dann, uns anderweitig Nahrung zu beschaffen. Ich erinnere mich besonders an folgende Geschehnisse:

In der Nachbarschaft gab es einen großen Bauernhof. Wenn Schlachtung war, wurde ich mit einer Kanne dorthin geschickt und sollte Brühe holen. Dort gab es auch eine Obstplantage. Wie immer hatte ich großen Hunger und fragte, ob ich einen Apfel vom Baum nehmen dürfte. Das wurde mir nicht erlaubt, ich durfte mir lediglich einen vom Boden aufheben. Ich schien nicht mehr wert zu sein, als Fallobst zu essen.

Es war Herbst und somit Schlehenzeit. Mein Bruder und ich kamen auf die Idee, sie zu pflücken und eine große Menge zu sammeln. Wir hatten sie als Vorrat versteckt, aber nie wiedergefunden. Die Vermutung lag nahe, dass sie uns nicht gegönnt wurden.

Ein anderes Mal wusste ich, dass im Nachbardorf der Martinszug stattfindet. Ich lief sechs Kilometer bis dorthin und stellte mich erschöpft und brav in die Reihe, wo es Brezeln gab. Aber ich bekam keine. Man hatte mich erkannt und ließ mich einfach so da stehen, mit leeren Händen. Ich weinte sehr vor Scham und Erniedrigung. Damals habe ich mir geschworen, nie wieder hungern zu müssen.

Dann stibitzte ich in einem kleinen Laden eine Pflaume aus einer Kiste, wurde erwischt und als Diebin verhöhnt. Ich hatte nun dieses wertvolle Etwas in meinem Besitz und wollte es nicht mehr hergeben. Mein Hunger war überzeugender als jede Moralvorstellung, also kämpfte ich wie eine Löwin darum. Am Ende waren wir alle Verlierer, denn die Pflaume war zu Brei geworden.

Ich erinnere mich daran, dass mein Bruder der Mutter eines Tages viel Geld überreichte, er hatte es einem Mitschüler gestohlen und hätte es besser für sich und seine Geschwister ausgegeben, um etwas zu essen zu kaufen, aber er gab es ihr. Es ist traurig, dass er auch Unrecht tat, aber er bekam es vorgelebt, es war das Ergebnis einer gescheiterten Erziehung. Er wollte vielleicht damit die Achtung der Mutter gewinnen und dachte noch, wir würden alle etwas davon haben. Aber er wusste auch, dass sie zur Furie wurde, wenn kein Geld da war, und wir darunter leiden mussten. Sie nahm einfach das Geld, dessen Herkunft sie scheinbar bewusst nicht erfragte, und gab es aus. Kurze Zeit später kam die Polizei zu uns ins Haus. Mein Bruder wurde bestraft, Mutter schlug auf ihn ein, immer fester, bis sie irgendwann nicht mehr konnte und von ihm abließ. Er war derjenige, der Unrecht getan hatte, nicht sie. Und er weinte bitterlich, sagte kein Wort, verteidigte sich nicht. Und ich sah zu und brachte auch kein Wort über die Lippen. Keine Anklage gegen sie, kein Trost für ihn.

Mein Bruder kämpfte um die Liebe seiner Mutter, aber er hatte verloren, stattdessen wurde er gedemütigt und verletzt. In seiner Verzweiflung setzte er manchmal Kätzchen auf die heiße Herdplatte, er wollte ihren Schmerz erleben, um sich von seinem zu befreien. Qualen, die er erleiden musste als Kind, sollten auf ein anderes Lebewesen übertragen werden. Er hat nie lesen und schreiben gelernt, er konnte das Leben nie verstehen lernen.

Vor einigen Jahren starb er einsam an einem Gehirntumor.

»Ich liege und schlafe ganz in Frieden, denn allein du, Herr, hilfst mir, dass ich sicher wohne.«

Genauso wie damals schwieg ich auch jetzt. Ich war nicht in der Lage, mich gegen die Mutter zu wehren, wollte der hoffnungslosen Auseinandersetzung aus dem Weg gehen, fühlte mich verloren, unfähig, mich ihrer Gewalt entgegenzustellen. Das Schweigen war mein Protest, eine mögliche Form der Nichtachtung ihr gegenüber. Ich verweigerte jegliche Kommunikation, sie war es nicht wert.

Ich hasste die Mutter, sie erdrückte mein Selbstwertgefühl, zeigte sich feindselig mir gegenüber und lehnte mich als Tochter ab. Sie zerstörte mein Leben, indem sie immer wieder meine Seele und meinen Körper verwundete. Mutter war gewissenlos und dumm, daher konnte sie auch niemals das Ausmaß ihres zerstörerischen Verhaltens begreifen.

Ich werde niemals erfahren, was sie zu diesem Menschen gemacht hat. Ich habe die Schuld auch bei mir gesucht, konnte aber keinen wirklichen Grund finden. Ich stellte keine großen

Ansprüche, ich war bescheiden und zurückhaltend, wollte nur ein wenig glücklich sein.

Trotzdem kämpfte ich um die Liebe meiner Eltern, aber sie merkten es nicht oder wollten es nicht wahrhaben. Letztendlich hätten sie damit auch nicht umgehen können, Gefühle gab es nur in Form von Gewalt und Hass. Und dies war auch der krankhafte Antrieb meiner Mutter, die niemals nur einen Funken Liebe für mich übrig hatte. Jede positive Energie steckte sie in ihr eigenes jämmerliches Lebensmuster, das ich nie nachvollziehen konnte. Sie dachte nur an ihr schmutziges Vergnügen, wo auch immer sie das suchte.

Es ist mir in den früheren Jahren einfach nie gelungen, aus diesem häuslichen Umfeld auszubrechen. Mein Leben wäre anders verlaufen.

Es gab mal eine Zeit, da wollte die Mutter uns verlassen. Sie hatte einen Kerl beim Zirkus kennengelernt. Er war Beleuchter und viele Jahre jünger als sie. Sie bekam ein Kind von diesem Mann. Als der Säugling irgendwann geboren wurde, war meine jüngste Schwester ein Jahr alt. Der Vater wusste über alles Bescheid, aber er hielt sich zurück, wollte mit all dem nichts zu tun haben. Eigentlich wollte die Mutter gehen, abhauen, wieder mal nur an sich denken, aber sie blieb tatsächlich bei uns. Wir hatten gehofft, sie würde endlich verschwinden. Traurig und verbittert begruben wir unsere Freude und wussten, dass es kein neues Leben für uns geben würde.

Mutter schlug weiter. Sie ging nie ohne Kleiderbügel ins Bett. Damit wurden wir verprügelt, es war ein Werkzeug, das es ihr noch einfacher machte, uns Schmerzen zu bereiten. Es gab Narben auf der Haut und auf der Seele, von denen wir uns nie erholten.

Die Mutter wünschte mir den Tod, nicht nur einmal, und trotzdem bettelte ich um ihre Zuneigung. Ich war emotional ein

Frack, leer und ausgelaugt, ohne jegliche Wertschätzung. Ich wollte diese Leere füllen mit dem Glück, endlich geliebt zu werden, aber es geschah nicht. Auch Jahre später, als sie mich nicht mehr schlug, misshandelte sie mich auf andere Weise.

Als Mutter 1998 verstarb, war ich nicht zu Hause. Die Geschwister leiteten alles in die Wege.

Obwohl kein Geld da war, Mutter hatte auch keine Ersparnisse, wurde die Beerdigung auf höchstem Niveau ausgerichtet, welch eine Heuchelei!

Und ich … ich trauerte und hasste gleichzeitig. Warum hatte ich aber dieses Gefühl? Weil es *meine* Mutter war, weil sie unversöhnt ging, oder weil Beerdigungen einfach traurig sind?

Ich konnte es mir nicht erklären.

Aber ich empfand auch eine große Wut in mir, weil sie sich ganz unerwartet und schnell aus meinem Leben davongeschlichen hatte. Ihr plötzlicher Tod ist ein unvollendeter Schritt für mein Leben, da ich mit ihr noch über vieles reden wollte.

Der Hass gegen sie ist auch heute noch da, 20 Jahre nachdem Mutter gestorben ist. Ich spüre ihn, wenn die Erinnerungen manchmal wieder vor meinen Augen auftauchen. Hass ist kein guter Lebensbegleiter, er setzt sich in den Eingeweiden fest und macht krank. Er steckt mich in die verlorene Kindheit zurück und lässt mich klein und ohnmächtig dastehen, ohne voranzukommen. Oft dachte ich, dieses Gefühl komplett verbannt zu haben, nein, es ist noch da, aber es wird weniger.

Irgendwann, viele Jahre später, als ich erwachsen war, wollte ich mehr über das Leben des Vaters wissen. Ich fragte mich, warum ein Mann so viele Kinder zeugen konnte und sich dann nicht um sie kümmerte. Was machte ihn so lieblos und gefühlsarm? Hin und wieder ging er tatsächlich mit mir ins Kino, es war ein Erlebnis und eine willkommene Abwechslung in meinem tristen Alltag, das war aber auch alles.

Es gab einen Onkel, den Bruder meines Vaters, er lebte im eigenen Haus im Sauerland mit der anderen Oma. Dort war ich als Kind einige Male zu Besuch gewesen, ich hatte ihn in guter Erinnerung. Nachdem ich seine Adresse und Telefonnummer gefunden hatte, rief ich ihn an und teilte mein Anliegen mit, etwas von ihm über das Leben des Vaters, seines Bruders, zu erfahren. Er war etwas erstaunt, weil wir Jahrzehnte nichts voneinander gehört hatten, aber dann erzählte er:

Vater sei in Schlesien geboren. Er war ein guter Schüler und hatte eine Ausbildung als Schweißer. Er besaß einen Pilotenschein, den der Onkel sogar aufgehoben hatte. Davon hatte der Vater tatsächlich mal erzählt, aber niemand glaubte ihm. Das passte auch überhaupt nicht zu diesem Menschen, so wie ich ihn täglich erlebte, weil es ein Höchstmaß an Verantwortung und Disziplin erforderte.

Dann kam der Krieg. Der Vater wurde eingezogen und der Luftwaffe unterstellt. Der Onkel erzählte, dass er ein guter Pilot gewesen sei. Nach unzähligen Einsätzen, die er heil überstanden hatte, wurde er eines Tages abgeschossen. Er überlebte knapp mit schweren Kopfverletzungen. Als er danach nicht mehr kriegstauglich war und zurück in die Familie kam, merkte der Onkel sofort, dass das nicht mehr sein Bruder war, den man heimgeschickt hatte. Seine Persönlichkeit hatte sich verändert, er war beinahe nicht wiederzuerkennen. Er wurde immer bösartiger, nichts konnte man ihm recht machen. Vernünftige Gespräche waren nicht mehr möglich, sein Verhalten wurde zusehends aggressiver. Selbst die einfachsten Dinge konnte er nicht mehr erledigen. Sogar das Rechnen und Schreiben hatte er verlernt. Aus dem guten Schüler von einst, der Ziele im Leben hatte, war ein beschränkter, geistesschwacher und verständnisloser Mensch geworden, der nur noch böse Gedanken hatte und seine Mitmenschen schlecht behandelte.

Vater kaufte sich in den 50er Jahren ein Moped. Er fuhr in die Stadt, um bei einem Pferdemetzger einzukaufen. Auf dem Heimweg hatte er einen schweren Unfall und kam mit einem doppelten Schädelbasisbruch ins Krankenhaus. Davon hat er sich nie wieder erholt, was wiederum seinen Charakter nicht gerade verbesserte.

Ich erinnere mich auch an Situationen, die den Vater in meinen Augen zur Bestie machten. Wenn unsere Katzen Junge bekamen, wurden die Kätzchen bei lebendigem Leib in einen Sack gestopft, zugebunden und in den Fluss geworfen.

Wir hatten einen Hund, treu und brav, er war ein Familienmitglied. Ich musste mit ansehen, wie der Vater ihn mit einer Schaufel erschlug.

Diese Scheußlichkeit brannte sich in mein Gehirn, ein Bild, das ich nie vergessen werde, ein sich wiederholender Albtraum in meinem Kopf.

Denn ich mochte die Tiere und hatte vor sehr langer Zeit ein bewegendes Urlaubserlebnis. Ein Kätzchen mit dreieinhalb Beinen lief mir über den Weg und wich mir nicht mehr von der Seite. Ich besorgte mir einen alten, wackeligen Stuhl und setzte mich, mit ihm auf meinem Schoß, darauf. So durften wir viele gemeinsame Stunden miteinander verbringen. Sie schenkte mir ihr Vertrauen. Doch der Abflug stand bevor und der Schmerz saß tief, sie verlassen zu müssen. Ich habe sie nach über 20 Jahren nicht vergessen können, dieses hilflose kleine Wesen. Ein Bild voller Jammer, so allein und hilflos. Eine schicksalhafte Begegnung durch die Gemeinsamkeit, die uns verbunden hat: die Ausgrenzung.

Vater hätte diesem armen Tier keine Lebenschance gegeben.

Einmal bat ich Vater, mir bei den Rechenaufgaben für die Schule zu helfen, da ich sie nicht allein lösen konnte. Das tat er auch. Als ich am nächsten Tag in der Schule mein Rechenheft vorzeigen musste, war alles falsch und ich schämte mich in Grund und Boden. Ich weiß nicht, ob er es absichtlich gemacht hat, aber ich habe ihn nie wieder um Hilfe bei den Schulaufgaben gebeten.

Zu Hause hatte ich keine Unterstützung zu erwarten, in der Schule und in meinem Umfeld wurde ich gedemütigt, ein Kreislauf, aus dem es scheinbar kein Entrinnen gab.

Vater verstarb 1973 mit nur 49 Jahren, einen Tag vor der Geburt meiner Tochter. Auch nach seinem Tod blieb vieles unausgesprochen.

Mutter wurde danach eine lustige Witwe. Sie trauerte nicht, sie benahm sich einfach nur peinlich. Kaum war Vater unter der Erde, lernte sie einen türkischen Mann kennen, der viel jünger war als sie, und vergnügte sich mit ihm. Nach dem Ende dieser Geschichte heiratete sie einen Jüngling von 19 Jahren.

Ihre Witwenrente, die ausgezahlt wurde, war nicht wenig. Recht schnell war das Geld weg, genauso wie ihr neuer Ehemann.

Mutter veränderte sich nie. Wenn später etwas nicht nach Plan lief oder sie Forderungen stellte, die ich nicht erfüllte, schrieb sie mir böse Briefe, in denen sie mich beschimpfte.

Das Schlusswort lautete: »Deine liebe Mama«.

Kapitel 5

Mit 16 Jahren hatte ich einen festen Freund. Ich liebte ihn sehr. Es gefiel mir, dass er Soldat war, besonders, weil er so hübsch aussah in seiner Uniform. Als wir ein Jahr zusammen waren, wollten wir uns verloben, doch dann ging die Verbindung zu Ende. Er war noch zu jung. Ich war sehr traurig und habe noch lange Zeit nach der Trennung um ihn geweint.

Ein Jahr später, mit 17, lernte ich einen Italiener kennen, er war zehn Jahre älter als ich. Es ging alles ganz schnell. Beziehung, Schwangerschaft und Heirat.

Als der Standesbeamte fragte, ob ich mit dem hier Anwesenden die Ehe eingehen wolle, sagte mein Bauch: Nein. Mein Kopf: Nein. Aber mein Mund sagte: Ja! Ein Wort, das ich noch bitter bereuen sollte. Ihn kennenzulernen war fast wie ein Abenteuer gewesen.

In den 50er Jahren kamen viele Gastarbeiter nach Deutschland, darunter auch Italiener. Die deutsche Wirtschaft brauchte tatkräftige junge Männer, die beim Aufschwung unseres Landes helfen sollten. Sie waren Gäste, die hier ihr Geld verdienten und später wieder einmal in ihre Heimat zurückkehrten; so war es vorgesehen.

Ich war im Schuhgeschäft, auf meiner Arbeitsstelle, als es kurz vor Feierabend vor dem Geschäft laut wurde. Ich schaute aus dem Schaufenster und sah meine Freundin, umringt von jungen italienischen Männern. Sie warteten alle auf mich und machten mir ein Zeichen, dass ich endlich herauskommen sollte. Ängstlich und verunsichert schaute ich zu meinem Chef. Er regte sich auf und wollte mich auf keinen Fall zu dem Rudel, wie er sagte, hinauslassen. Irgendwie war er misstrauisch und fühlte sich für mich verantwortlich, ahnte, dass da nichts Gutes dabei herauskommen würde.

Meine Freundin war einige Jahre älter als ich und dachte sich nichts dabei. Sie warteten draußen und waren einfach nur in Feierlaune. Ich wollte dabei sein, überlegte nicht lange und lief aus dem Laden, durch die Hintertür, raus auf die Straße und dann nichts wie weg. Wir waren jung, wollten alle etwas erleben, tanzen, flirten und Spaß haben, was war denn schon dabei?

Der Italiener, der kurze Zeit später mein Mann wurde, war so charmant, lächelte bezaubernd und sein gebrochenes Deutsch war so entzückend, dass er mein Herz ganz schnell erobert hatte. Dieser Zustand hielt nicht lange an.

Sofort nach der Hochzeit begann er mich zu schlagen. Ich war hochschwanger, was ihn aber nicht davon abhielt, mich zu misshandeln. Er schlug hart zu, trat mich wie einen Hund. Ich musste mehrere Male zu dieser Zeit ins Krankenhaus. Wenn er mich dort besuchte, kam er nicht, um nach mir zu sehen, sondern nur, um seine Bedürfnisse zu befriedigen. Er wollte dort genauso weitermachen wie zu Hause. Er bedrängte mich, fasste mich an, griff unter die Decke und sagte irgendetwas auf italienisch. Meine Bettnachbarinnen drehten verschämt und angewidert den Kopf zur Seite. Wer konnte, ging aus dem Zimmer. Ich wehrte mich, so gut ich konnte. Er schlug mich im Krankenbett, mit einem Kind unter dem Herzen. Ich verteidigte mich, eine unvorstellbare Szene, in der es immer lauter wurde und endlich der Arzt alarmiert wurde. Der Ehemann bekam Hausverbot und durfte mich nicht mehr sehen. Das bedeutete Schutz und Obhut für ein paar Tage, bis ich entlassen wurde.

Mit meinem neugeborenen Sohn kam ich nach Hause, an den Ort, den ich seit meiner Geburt kannte, wo die Eltern lebten und die Geschwister. Ich ging in das Haus zurück, in dem es nichts Gutes gab und in dem mein Kind nun sein Heim finden sollte.

Wir lebten in einem kleinen Raum, dort wurde gekocht, gewaschen und geschlafen. Und es herrschte Gewalt gegen mich und das Baby. Er schlug auf dieses kleine Wesen ein, bis es grün und blau war.

Ich wollte mein Kind beschützen, warf mich dazwischen, versuchte es zu verhindern mit all meiner Kraft, damit es verschont blieb. Ich konnte nicht weglaufen, er hielt mich fest. Sein Zorn wurde noch größer und ich wurde geschlagen, bis ich mich nicht mehr bewegen konnte.

Irgendwann bekam er von einem Arbeitskollegen, der ein eigenes Haus besaß, ein Zimmer angeboten. Wir zogen dorthin. Es war kein vernünftiges Leben möglich, wir hausten in einem Loch und alles blieb so, wie es war.

Er ging sehr oft allein weg und kam spät in der Nacht zurück. Er traf sich mit anderen Frauen, schon seit Beginn der Ehe war er mir untreu. Es ist unglaublich, aber dieser Mensch, der mich betrogen hatte und fremdging, schlug mich ständig, mit dem Vorwand, ich würde andere Männer anschauen.

Seiner Gewalt ausgeliefert, wurde ich nach einem Jahr wieder schwanger. Ich wollte das nicht, hatte aber kein Geld für Verhütungsmittel, mein verzweifeltes Betteln nützte nichts, er gab mir keins.

Es begann erneut die Hölle für mich. Wie in der ersten Schwangerschaft prügelte er mich ohne jedes Mitleid und Verantwortung für das ungeborene Kind.

Er gab mir weiterhin kein Geld, mein Sohn und ich hatten oft nichts zu essen.

Ich wollte nicht, das mein Kind in eine Welt geboren wird, in der es Hunger leiden musste.

Plötzlich hatte der Ehemann neue Pläne, er beabsichtigte, in sein Heimatland zurückzugehen.

Er traf die Entscheidung nur für sich und war dann weg in Italien.

In meinem Kopf überschlugen sich die Gedanken. Wo sollte ich hin, was würde aus mir? Allein und schwanger mit einem kleinen Kind?

Ich ging zum Anwalt und reichte die Scheidung ein. Er riet mir ab, ich solle das nicht tun, es wäre besser, ich würde mit meinem Mann nach Italien gehen. Als alleinstehende Frau mit Kindern, vielleicht noch schuldig geschieden, hätte ich keine Chancen für die Zukunft. Für die Mutter war das auch der beste Weg, uns loszuwerden. Sie meinte auch, ich gehörte zum Mann und sollte gehen! Nicht nur sie hatte diese Meinung, auch die Tanten und sogar die Oma. Ich müsste machen, was der Mann sagt.

Obwohl sie alle wussten, was das für ein Mensch war. Sie schauten weg, halfen nicht, aber wussten, was ich zu tun und zu lassen hatte. Ich könnte ja eine Belastung werden und ihr festgefahrenes Lebensgefüge durcheinanderbringen.

Ich war 20 Jahre alt, ohne Selbstvertrauen und sehr ängstlich. Ich wusste nicht, welchen Weg ich einschlagen sollte und was richtig oder falsch war.

Gegen den Rat des Anwalts und meiner Familie bin ich nicht mit meinem damaligen Ehemann nach Italien gegangen. Er zog es auch vor, allein in seine Heimat zurückzukehren. Ich bekam Sozialhilfe und konnte das erste Mal für mich und meine kleine Familie sorgen. Ich hatte mein eigenes Geld. Wir hatten keinen Hunger und es gab keine Prügel mehr.

Es gab ein kleines Stückchen Frieden in unserem Leben.

Was dann geschah, kann ich mir bis heute nicht erklären. Ich beschloss, in mein Elternhaus zurückzukehren. Vielleicht war es die Unsicherheit, allein zu sein, das kannte ich ja bisher nicht.

Ich hatte ein recht gutes Leben wieder gegen ein schlechtes eingetauscht. Sofort war Mutter zur Stelle und nahm mir mein Geld weg. Es interessierte sie nicht, wie es mir ging, skrupellos diktierte sie wieder mein Leben und ich wehrte mich nicht.

Einige Zeit verging und es kam ein Brief aus Italien, in dem stand, dass ich zu ihm kommen solle, er mich vermisse und wie schön es dort sei.

Die Entscheidung war schnell getroffen. Dass ich ins Elternhaus zurückgekehrt war, stellte sich als großer Fehler heraus, niemals würde sich dort etwas ändern. Also gab es keine Alternative, als nach Italien zu reisen. Vielleicht war der Ehemann in seinem Heimatland der liebenswerte und lebensfrohe Mensch, den ich mir wünschte. Ich hoffte so sehr auf eine Veränderung.

Hochschwanger packte ich meine Koffer, nahm meinen Sohn an der Hand und stieg in den Zug. Das fühlte sich an wie ein Aufbruch in bessere Zeiten. Wir saßen viele Stunden zusammen im Abteil, in banger Erwartung, was nun kommen würde.

Wir landeten wieder genau da, von wo wir aufgebrochen waren, in einem engen Zimmer für drei Personen bei den Eltern des Mannes. Er hatte keine Arbeit, verdiente kein Geld und war auch hier ständig unterwegs wegen seiner altbekannten Frauengeschichten.

Dann traf er wieder eine Entscheidung, nämlich sich woanders eine Arbeit zu suchen. Er fuhr nach Mailand und ließ mich allein zurück bei seinen Eltern, deren Sprache ich nicht verstand, die mich als seine deutsche Ehefrau ablehnten.

Einige Wochen später schickte er einen Brief, mit der Bitte, ich sollte zu ihm in den Norden kommen, er habe Arbeit und eine Wohnung.

Wieder packte ich die Koffer, aber noch einen mehr, da meine Schwiegermutter mitfuhr, weil sie bei uns wohnen wollte. Ab jetzt bestimmte sie alles, von Beginn unseres Zusammenlebens an. Sie war laut in der fremden Sprache, mit wilden und eindrücklichen Gesten.

Unsere Wohnung war leer, es gab weder ein Bett noch einen Schrank oder einen Tisch. Wir schliefen auf dem blanken Boden. Die Küche hatte kein Möbelstück, nicht einmal einen Kühlschrank. Die wenigen Lebensmittel, die wir besaßen, lagen in einem alten Koffer. Wir hatten so gut wie nichts zu essen und zu trinken, mein Kind war hungrig und durstig.

Zwei Wochen später setzten die Wehen ein. Ich musste ins Krankenhaus und meinen kleinen Sohn zurücklassen. Als ich mit dem neugeborenen Baby nach Hause kam, sah ich meinen kleinen Jungen zusammengekauert in einer Ecke sitzen. Sein Gesicht war angeschwollen, grün und blau, er hatte Striemen am ganzen Körper, war eingekotet und wund. Sein Blick war voller Angst und Hilflosigkeit. Desorientiert schaute er von einer Wand zur anderen und zwischendurch auf mich. Ich weinte und weinte und dachte, ich könnte nie wieder aufhören.

Als Erwachsene hatte ich es mir eigentlich verboten, ich wollte immer Stärke zeigen, das hatte ich mir geschworen. Aber dieser Anblick brach mir das Herz.

Der Italiener schlug seinen zweijährigen Sohn. Ich war auch vom Vater verprügelt worden, weil ich nicht aufhörte zu schreien. Damals gab es die Mutter, die alles mit ansah und nicht eingriff. Jetzt war es die Schwiegermutter, die dabei war und nicht verhinderte, was ihr Sohn Schändliches tat, nämlich auf sein kleines Kind einzuschlagen.

Die Misshandlungen gingen weiter. Ich wurde bis zur Bewusstlosigkeit geschlagen und getreten, bis ich meinen Körper nicht mehr spürte. Wenn er mich mit seinem Siegelring, den er am Finger trug, ins Gesicht schlug, platzte die Haut um die Augen auf.

Es gab jeden Tag Prügel.

Er hasste seinen Sohn. Ich konnte dem Kind nicht helfen, so sehr ich mich auch mühte.

Um mich zu erniedrigen, gehörten neben der brutalen körperlichen Gewalt auch sexuelle Übergriffe, nie war ich vor ihm sicher.

Die dritte Schwangerschaft kündigte sich an. Zu sagen, er wäre wie ein Tier gewesen, würde es nicht treffen, denn diese haben kein solches Verhalten. Tiere sind nicht grundlos aggressiv und böse. Ein solches Ausmaß gibt es nur bei Menschen.

Ich fühlte mich machtlos. Er hatte die Macht, die feige und schwache Männer über Frauen und Kinder haben, die wehrlos sind.

Eines Tages packte er die Koffer und sagte, er fahre weg und wisse nicht, wann er wiederkomme. Er gab mir 500 Lire, das waren 2,50 DM, mehr nicht, damit sollte ich auskommen. Wahrscheinlich ging er wieder zu einer anderen Frau und wir mussten hier irgendwie überleben. Ich kaufte das Notwendigste und ließ es anschreiben, ich schämte mich. Nach zehn Tagen kam er zurück. Ich musste ihm zur Verfügung stehen, wie immer ging er rücksichtslos vor. Unser Sohn musste mit ansehen, was da vor sich ging, und blickte regungslos auf die brutale Szene. Ich schämte mich so sehr. Plötzlich sah ich, wie sich der kleine Junge ein Seil um den Hals legte und versuchte, daran zu ziehen. Ich schrie, so laut ich konnte. Der Italiener sprang aus dem Bett und schlug auf den Jungen ein. Der taumelte nach hinten, lag auf dem Boden und krümmte sich unter den Schlägen des Vaters, die nicht aufhören wollten.

Ich konnte mich nicht seiner Kraft und Gewalt widersetzen, ich resignierte und es ging immer so weiter.

1967 kam mein dritter Sohn auf die Welt. Ich konnte ihn nicht stillen, darüber wunderte ich mich nicht. Ich hatte keine Milch, nichts mehr, was ich ihm hätte geben können. Der Vater gab mir kein Geld für Babynahrung und dieser Sohn musste mit Wasser und Mehl ernährt werden. Mit 21 beging er Selbstmord.

Ich musste hier weg. Ich wollte auf jeden Fall wieder zurück nach Deutschland. Schlimmer als hier konnte es nicht werden. Mir fehlte das Geld für die Zugfahrt. Er hatte Arbeit und somit auch Geld. Also fing ich an, danach zu suchen. Das war leichter als gedacht, ich fand in seiner Jackentasche mehrere Tausend Lire. Das war unsere Chance. Ich begann, unsere Flucht zu planen.

Als er auf der Arbeit war, packte ich einen Koffer, nahm die Kinder, das Geld und wir fuhren mit dem Bus nach Mailand zum Bahnhof. Ich kaufte eine Fahrkarte nach Frankfurt. Für die Kinder musste ich nichts zahlen, sie waren noch zu klein.

Ab Frankfurt brauchte ich ein neues Ticket, aber ich hatte kein Geld mehr. Wir waren in Deutschland in einer Großstadt, kamen aber jetzt nicht mehr weiter. Ein Schaffner half uns, bei der Bahnhofsmission eine Übernachtungsmöglichkeit zu bekommen; wir waren völlig erschöpft. Kurze Zeit später kam er mit einer Fahrkarte zu mir zurück und schenkte sie mir. Er hatte gemerkt, wie verzweifelt ich war und dass ich, am Limit meiner Kräfte, nicht mehr wusste, wie es weitergehen sollte. Diesem Mann bin ich bis heute dankbar dafür, was er getan hat. In all den Jahren, die seitdem vergangen sind, habe ich diese Güte und Menschlichkeit nie vergessen.

Ich wusste nicht wohin, also ging ich wieder zurück ins Elternhaus. Die Mutter wollte uns nicht aufnehmen. Ich sollte gehen mit meinen Bälgern, sie wolle uns nicht am Hals haben. Ein paar Tage und Nächte konnten wir dann doch bleiben.

Ich fand eine neue Unterkunft bei Bekannten von meinem Ehemann, eine italienische Familie mit fünf Kindern. Sie nahmen uns auf und ich war im ersten Moment froh, dass wir eine Bleibe hatten.

Aber ich hatte wieder keine gute Wahl getroffen und uns in einen schlimmen Zustand gebracht. Das Wohnen dort war unerträglich. Wir hockten alle eng aufeinander, es gab keine Rückzugsmöglichkeit. Der Mann bedrängte mich seit unserem Einzug. Es sah aus, als ob ich auf diese Weise eine Art Miete zahlen sollte. Die Ehefrau interessierte das nicht sonderlich, denn sie hatte früher oft genug mit meinem Mann zu tun gehabt. Ich konnte mich noch genau an alles erinnern, es war alles ganz offensichtlich und niemand sprach dagegen.

Es verging einige Zeit, da wurde das Jugendamt auf die Wohnverhältnisse aufmerksam. Ich bekam vom Wohnungsamt zwei kleine Zimmer zugewiesen. Anstatt mich zu freuen, schämte ich mich. Die Wohnung lag nämlich in einer Gegend, die man heute als sozialen Brennpunkt bezeichnen würde, da wollte ich nicht wohnen. Ich hatte Angst, dass wir da nie wieder rauskommen würden und dass ich dann dazugehörte, abgestempelt würde, als jemand, der sein Leben nicht in den Griff kriegte. Ohne Arbeit gab es kein Geld und somit keine Zukunft. Ich hatte keine Wahl, ich musste diese Wohnung nehmen. Aber es war gut so, dass ich gezwungen wurde, mit meinen Kindern diese furchtbaren häuslichen Verhältnisse, in denen wir es schon viel zu lange ausgehalten hatten, zu verlassen.

Wir wohnten jetzt dort als kleine Familie und ich konnte wieder atmen.

Ich reichte zum zweiten Mal die Scheidung ein. Damit dem Ehemann in Italien die Papiere zugeschickt werden konnten, musste ich seine Adresse angeben. Es dauerte nicht lange, da wusste er auch unsere Adresse.

Eines Tages wurde in unserer Wohnung die Scheibe eingeschlagen. Er kam tatsächlich, mit der Mutter, war auf das Flachdach geklettert und stand plötzlich vor mir. Sofort schlug er auf mich ein. Alles ging so schnell, die Kinder standen daneben und waren geschockt. Sie hatten schon so viel gesehen in ihrem kurzen Leben und es nahm kein Ende mit der Gewalt. Die Nachbarn holten die Polizei. Für die Beamten war es einer von vielen Einsätzen in unserem Viertel, eine Routineangelegenheit, und so verhielten sie sich auch. Sie verlangten die Ausweispapiere und sagten, dass sie sich nicht in Eheangelegenheiten einmischen würden, dann hätten sie viel zu tun. Die Polizisten wurden noch im selben Augenblick zu einem anderen Fall gerufen.

Der Italiener hatte ein Auto, und so kam es, dass Mutter Freude daran hatte, mit ihrem Schwiegersohn unterwegs zu sein. Der Vater kümmerte sich nicht weiter um das Treiben seiner Frau, ihm war das alles egal. Er setzte sich nicht zur Wehr, das konnte und wollte er nicht.

Nachdem die Polizei weggefahren war, bestätigten sich meine schlimmsten Befürchtungen. Der Ehemann zog bei uns ein, er war zurück und fragte nicht danach, was ich wollte.

Die Ruhe, die ich mir erträumt hatte, die ich für kurze Zeit genießen konnte, war zerstört. Er wollte wieder in Deutschland leben bei Frau und Kindern, aber wir hatten ihn nicht darum gebeten, doch dieser Mann nahm sich einfach das Recht heraus, über uns zu verfügen. Hier gab es alles, was er brauchte, das Nest war gemacht und ihm ging es gut. Um die Kinder kümmerte er sich nicht, es war auch besser so, denn wenn sie ihm fernblieben, konnte er sie auch nicht schlagen.

Es dauerte nicht lange, da suchte er sich woanders eine Bleibe, denn er hatte genug von uns.

Aber er wollte in gewissen Abständen seine Kinder sehen. Ich konnte das nicht nachvollziehen, da sie ihm doch immer lästig waren. Es war gar nicht in meinem Sinne, aber ich konnte nichts tun, er hatte das Gesetz und Recht auf seiner Seite; ein Vater konnte seine Kinder sehen, wenn er das wollte.

Er hielt sich oft nicht an Absprachen, wenn wir Zeiten für die Übergabe der Kinder vereinbarten. Er demonstrierte damit, machen zu können, was er für richtig hielt, und keine Rücksicht auf mich zu nehmen. Einmal kam er so spät, dass ich hoffte, er bliebe ganz fern, weil meine Angst so groß war, er würde den Kindern wieder Leid antun, wenn sie bei ihm sind.

Dieser Mann war gewalttätig und gemeingefährlich, man konnte ihm nicht trauen. Wenn meine Söhne von ihm zurückkamen, waren sie total verstört und sagten kein Wort, wenn ich sorgenvoll nachfragte, ob etwas geschehen sei.

1969 wurde ich geschieden. Im Gerichtssaal habe ich mich nicht verteidigt, sondern stumm alles erduldet, was vorgetragen wurde. Ich hatte gelernt, wer sich verteidigt, der lügt und gesteht seine Schuld ein. Ich wünschte mir, alles ginge schnell vorbei, um endlich zur Ruhe zu kommen. Die Folge meines Schweigens war, dass ich schuldig geschieden wurde.

Ich habe zu viel erleiden müssen in dieser Ehe und am Ende wollte ich nicht auch noch als Lügnerin dastehen. Was für ein Mensch ist denn aus mir geworden, der ohne Lebenserfahrung, immer nur gebeugt vor der Gewalt der anderen, ohne Selbstbewusstsein und Selbstwertgefühl, sein Leben meistern musste? Es gab niemanden, der mir jemals meine Selbstzweifel genommen hat und mir geholfen hat, einen anderen Weg einzuschlagen.

Ich hatte versucht, zu überleben und für meine Kinder da zu sein, wollte sie immer nur beschützen, aber selbst das war mir nicht gelungen.

Er bekam das Sorgerecht, obwohl er die Kinder geschlagen und misshandelt hat und sie sich sehr vor ihm ängstigten.

Als es so weit war und er die Kinder endgültig zu sich holte, war er in Begleitung seiner neuen Frau, bei der er schon länger wohnte. Ich kann das Weinen meiner Söhne bis heute nicht vergessen, als er sie mitnahm. Ich höre es seitdem jeden Tag, es wird nicht leiser, es wird nie verstummen, es zerreißt mein Herz.

Die Beziehung mit dieser Frau dauerte nicht lange, weil sein Verhalten sich nicht änderte. Er übergab ihr die Kinder, ging allein fort und machte, was ihm gefiel. Diese Frau aber ließ sich das nicht gefallen, im Gegensatz zu mir, und setzte ihn kurzerhand mitsamt den Kindern vor die Tür.

Mit den Kindern ging er zu seiner Schwiegermutter und gemeinsam brachten sie die Kinder ins Heim.

Bis heute glauben meine Söhne, dass ich diejenige war, die sie dorthin hatte bringen lassen.

Der Ex-Ehemann setzte sich ab nach Italien, ich sah ihn nie wieder.

Die Schuldgefühle lasteten auf mir wie ein Berg. Ich konnte nicht mehr aufrecht gehen, mir fehlte die Luft zum Atmen und ich wünschte meinem Leben ein Ende. Ich hatte in allem versagt, war ein wertloses Etwas, meine Gedanken kreisten nur noch darum, zu gehen.

Die Mutter hatte mir schon so oft den Tod gewünscht, das war mir nicht fremd. Und gerade jetzt, in dieser schlimmen Zeit, sparte sie wieder nicht an Kommentaren, die mir noch mehr den Boden unter den Füßen wegzogen.

Ich hatte nichts von ihr zu erwarten, sie war keine Mutter.

Ich war damals 22 Jahre alt und schon kaputt, niemand hatte mir geholfen und ich fühlte mich schuldig, weil ich zu schwach war, um weiterzukämpfen.

Nach der Scheidung hörte ich nichts mehr von dem Italiener, es gab ihn einfach nicht mehr. Das war das einzig Gute, was ich meinem Leben noch abgewinnen konnte.

40 Jahre später klingelte irgendwann abends das Telefon und er rief tatsächlich nach so langer Zeit bei mir an. Er wisse nicht wohin und fragte, ob er bei mir übernachten könne.

Ich konnte es nicht glauben, sprachlos starrte ich den Telefonhörer an. Vor meinen Augen lief ein Film ab. Alle möglichen Bilder erschienen, Szenen, die ich schon längst vergessen geglaubt hatte, sah ich wieder. Mir wurde schlecht und ich begann zu zittern. Wie konnte dieser Mensch es wagen, sich bei mir zu melden, als ob nichts gewesen wäre, nach allem, was er uns angetan hatte?

Er hat unser Leben zerstört. Das Weinen meiner Söhne höre ich noch heute, jeden Tag.

Die Kinder haben nicht Fuß fassen können in ihrem Leben.

Der Erstgeborene wurde viel von ihm geschlagen. Er schaffte es, eine Ausbildung zu machen. Dann fing er an zu zocken und wollte immer Geld von mir, aber ich gab ihm keins. Er schlug mich, so wie er es gelernt hatte. Ich brach den Kontakt ab.

Der Zweitgeborene hat seinen Vater einmal in Italien besucht. Der aber hatte keinerlei Interesse an seinem Sohn, sprach nicht mit ihm und ließ ihn in dieser Zeit allein. Also fuhr er nach ein paar Tagen nach Hause zurück. Einige Jahre später unternahm er einen Suizidversuch und ist seitdem behindert.

Der dritte Sohn hat Suizid begangen.

Die Gewalttaten ihres Vaters konnten sie nie vergessen. Ein misshandelter Körper hat Narben, die immer wieder daran erinnern, was geschah. Die Seele wurde verwundet und öffnet sich, wenn die Vergangenheit uns einholt. All der Schmerz ist abrufbereit, ein Leben lang.

Ich legte den Telefonhörer sofort auf. Er dachte wohl, er könnte da weitermachen, wo er vor vielen Jahren aufgehört hatte.

Die Eltern in Italien waren gestorben, seine Brüder wollten nichts mit ihm zu tun haben und Freunde gab es auch nicht, wo er hätte hinkönnen.

Er versuchte dann, bei seinem Sohn unterzukommen. Es war ihm nie bewusst, dass dieser behindert ist. Als er diese Beeinträchtigung begriff, wandte er sich von seinem Kind ab, damit wollte er nichts zu tun haben.

Irgendwann erfuhr ich, dass der Italiener krank war und nicht mehr allein leben konnte. Der italienische Sozialdienst hatte dafür gesorgt, dass er hier in Deutschland in ein Altersheim kam.

So lebt er in Frieden, scheinbar. Vielleicht quälen ihn aber auch seine Erinnerungen. Wenn der Mensch älter wird, holen ihn die Ereignisse ein, Bilder, die er lieber vergessen würde. Oder das schlechte Gewissen schnürt ihm die Kehle zu, bis die Luft wegbleibt. Träume suchen ihn heim, von weinenden, schreienden, bettelnden Kindern, vielleicht.

Noch kann ich nicht loslassen, dann empfinde ich Hass und grenzenlose Verachtung für diesen Menschen, ich wünsche ihm nur Schlechtes. Ich werde übermannt von schlimmen Gedanken und Vorstellungen. Dann schlage ich zurück, ich schlage immer wieder auf diesen wehrlosen alten Mann ein. Ich will, dass er um Gnade bettelt. Er soll auf dem Boden liegen, ich schlage ihm ins Gesicht, ich trete nach ihm, ich kann nicht mehr aufhören.

Nach diesen Gedanken fühle ich mich erschöpft, aber nicht erleichtert.

Er soll es nicht gut haben, jetzt, am Ende seines Lebens. Keine warme Stube, niemand, der ihn versorgt, jeden Tag muss er um sein Überleben kämpfen. Er muss genau das spüren, was er mir und den Kindern angetan hat, fühlen, wie es ist, misshandelt zu werden. So wie mein kleiner Junge, der keine drei Jahre alt war und nur das Wort »Papa« sagen konnte, wenn er wieder Schläge bekam.

Dieser Sohn, der sich einmal ein Seil um den Hals gelegt hat, er ist nicht mehr da. Und mein Jünsgter hat seinem Leben ein Ende gesetzt, ich denke so oft an ihn. Sein stummes Leiden vermischt sich dann mit meinen verzweifelten Gewaltphantasien.

Der Vater, ein erwachsener Mann, der sich an Schwachen vergriff, ein Feigling, der gewissenlos prügelte.

Er soll leiden, das stelle ich mir vor, leiden, damit es mir gut geht. Meine Rachegedanken, sie nützen mir nichts, bis jetzt. Vielleicht, weil ich dadurch das Geschehene nicht ändern kann und die Wut trotzdem bleibt.

Aber ich kann noch nicht loslassen. Es türmt sich immer wieder etwas auf in mir, Unruhe steigt in mir hoch, die Gedanken meiner Rache.

Das Erlebte wird dadurch nicht kleiner und es löst sich schon gar nicht auf.

Wir müssen alle mit unseren Erinnerungen leben, sie mitnehmen und verarbeiten.

Ich bin dabei, das zu begreifen.

Kapitel 6

Die nächste längere Episode in meinem Leben handelt von einer neuen Beziehung mit einem Mann. Ich heiratete ein zweites Mal. Diese Ehe bestand vier Jahre.

Es waren die 70er Jahre, alles fühlte sich nach Aufbruch an, man gab sich in der Gesellschaft moderner und offener.

Auch ich war gelöster und entspannter geworden, hatte meine Vergangenheit zeitweise ausblenden können und mich an den schönen und neuen Dingen, die mir das Leben bot, erfreuen können.

So war es nicht verwunderlich, dass auch ich einen frechen Spruch auf den Lippen hatte, als ich meinen zweiten Ehemann kennenlernte. Ich machte einen Sonntagsspaziergang und kam an einem Haus vorbei, auf dessen Balkon ein junger Mann stand, der mich ansprach: Ob ich, junge Frau, so ganz allein sei, und ich entgegnete, wenn er herunterkäme, wohl nicht mehr.

Und wieder ging alles ganz schnell. Wir wurden ein Paar, heirateten, und es dauerte nicht lange, da wurde unsere Tochter geboren. Ich war glücklich und zufrieden.

Die Familie meines Mannes nahm mich auf, obwohl ich geschieden war und drei Kinder hatte, das war nicht selbstverständlich. Am Anfang waren die Schwiegereltern gegen diese Verbindung. Ich hatte eine Vorgeschichte, eine Scheidung war immer ein Makel, und dazu kam noch, dass ich fünf Jahre älter war als mein Mann. Ihm machte das nichts aus.

Dies alles passte aber nicht in eine bürgerliche Familie, die viel Wert auf Ansehen und Achtung legte.

Wie oft hatte Mutter gedroht, sie wisse ein gutes Thema über mich, das sie meinen Schwiegereltern erzählen wolle. Aber letztendlich war sie diejenige, die mir den Tod gewünscht, mich bestohlen und mir nichts gegönnt hat. Mein neues Leben sollte diese Frau mir nicht kaputt machen.

Letztendlich wurde ich in der neuen Familie angenommen. Meine Schwiegermutter war eine gute Frau. Vielleicht hatte sie sogar noch mehr Verständnis für mich, als sie es zugeben konnte, ich mochte sie sehr.

Mein neues Leben gefiel mir sehr, es war genau so, wie ich es mir immer vorgestellt hatte, einfach und gut aufgehoben.

Alles hätte endlich gut werden können, wenn nur meine Eifersucht nicht gewesen wäre. Ich hatte überhaupt kein Selbstwertgefühl und litt daher unter starken Verlustängsten.

Diese Ehe, in der wir leider viel stritten, zerbrach nach nur wenigen Jahren.

Mein Mann war Autoverkäufer und zu seinen Kunden gehörten auch viele Frauen. Ich hatte große Angst, dass sich das Erlebte wiederholen würde. Der Italiener war ständig mit anderen Frauen zusammen, das hat mich geprägt, bis heute bin ich noch nicht von Misstrauen geheilt.

Ich steigerte mich in irgendwelche Vorstellungen hinein und verdächtigte meinen Mann zu Unrecht. Ich fand einfach keinen Abstand zu meinem früheren Leben und ließ alles so weiterlaufen, weil ich dachte, es müsste so sein.

Es kam Alkohol ins Spiel, er trank sehr viel. In besonders schwierigen Situationen nahm es überhand und er konnte dann auch schon mal die Kontrolle verlieren, indem er mich heftig beschimpfte. Mir ging es nicht anders, ich steigerte mich in meine Wutanfälle hinein und schleuderte ihm alle möglichen Verdächtigungen entgegen. Einmal verlor ich sogar die Beherrschung und warf ihm eine leere Bierflasche an den Kopf; er war verletzt und blutete.

Diese Szene war im Grunde das Ende unserer Ehe, aber es dauerte noch eine ganze Weile, bis ich das begriff.

Am nächsten Morgen nahm er unsere Tochter und verschwand mit ihr aus der Wohnung. Ich ahnte noch nicht, dass ich sie an diesem Tag das letzte Mal sah.

Er fuhr mit ihr zu seiner Mutter. Ich ging davon aus, dass er abends mit unserem Kind wieder zu Hause ist. Aber das war nicht der Fall. Als ich die Konsequenz begriff, brach ich endgültig zusammen. Ich sah meine Tochter sehr lange Zeit nicht. All meine Versuche scheiterten, ins Haus zu kommen, man ließ mich nicht hinein.

Unser gemeinsames Leben war an meinen Ängsten gescheitert. Ich fürchtete mich vor dem Verlust eines geliebten Menschen, litt unter Kontrollzwang und war nicht in der Lage, jemandem zu vertrauen. Durch all meine schlimmen Erfahrungen in der Vergangenheit war ich unfähig, eine gute Beziehung zu führen. Ich entwickelte Bindungsängste, die mich im weiteren Leben begleiteten und mir das menschliche Miteinander erschwerten, um einer erneuten Enttäuschung vorzubeugen.

Wahrscheinlich hätte ich mehr Zeit gebraucht, um das Vergangene aufzuarbeiten. Es gab so viele ungelöste Konflikte in mir selbst. Ich war gewiss noch nicht bereit, mich auf eine neue Beziehung einzulassen. Mit meinem Verhalten hatte ich eine Situation heraufbeschworen, die mich wieder ins Nichts katapultierte. Das bereue ich bis heute.

Bis zur Scheidung, nach Einhaltung der Trennungsfrist, dauerte es ein Jahr. Erst dann sah ich meine mittlerweile dreijährige Tochter wieder. Sie erkannte mich nicht mehr und schaute mich schüchtern an, ich war eine Fremde für mein Kind. Sie ließ die Hand ihrer neuen Mutter nicht mehr los. Diese war die Frau des Bruders meines Mannes, meine Schwägerin. In deren Obhut hatte mein Mann unsere Tochter gegeben und sie danach nicht mehr gesehen, bis heute nicht.

Er heiratete dann eine andere Frau, die ich früher schon öfter in der Firma, wo mein Mann arbeitete, gesehen hatte. Sie war Witwe und mein Mann hatte häufig von ihr erzählt. Das gab mir jedes Mal Anlass zur Eifersucht und ein mulmiges Gefühl stellte sich ein, so eine Art Vorahnung. Sie war die Nachkommin des Firmeninhabers und selbst Mutter einer Tochter. Dieses Mädchen wurde dann schnell zur Tochter meines geschiedenen Ehemannes.

Unser gemeinsames Kind hat ihn nie mehr interessiert.

Das ist jetzt 40 Jahre her.

Unsere Tochter hat sehr unter der Ablehnung ihres Vaters gelitten, wie sie mir viel später erzählte.

Kapitel 7

Es gibt oft Perioden im Leben, die man gar nicht mehr richtig einordnen kann. Es stellen sich dann Fragen wie: Was war genau passiert und warum, und wieso ausgerechnet zu diesem Zeitpunkt? Wenn man aber anhält und nicht wegläuft vor den Erinnerungen, sich auf jede Momentaufnahme einlässt, dann fängt man an zu begreifen. Übergänge sind dafür da, mit dem Alten abzuschließen, bevor das Neue beginnt. Sie trennen und verbinden gleichzeitig. Sie sind nicht nur ein Lückenfüller in der Reihenfolge der vermeintlichen Hauptereignisse des Lebens, sondern haben ihre eigene Berechtigung. Übergänge sind einfach da und wollen wahrgenommen werden.

Bevor ich in ein schöneres Leben eintauchen konnte, gab es eine kurze Zeitspanne, in der ich mal wieder an meine Grenzen kam und mir meine Naivität zum Verhängnis wurde. Am Ende stand ich da und musste mir eingestehen, dass ich nichts dazugelernt hatte. Ein gebranntes Kind scheut das Feuer, so heißt eine Lebensweisheit, die jeder Mensch kennt und erfährt, damit sich Fehler nicht wiederholen. Ich musste mich sehr oft verbrennen, bevor ich dem Feuer aus dem Weg ging.

Nach der zweiten Scheidung fing ich wieder an zu arbeiten. Meine Gesundheit war in einem schlechten Zustand, körperlich wie seelisch. Trotzdem versuchte ich wieder Fuß zu fassen und durch unterschiedliche Arbeitsstellen meinen Lebensunterhalt gut zu bestreiten. Ich fühlte mich wie eine Zigeunerin auf Wanderschaft.

Eine begrenzte Zeit arbeitete ich als Bedienung in einem Café. Ich merkte, dass sich mein Herz wieder öffnen konnte, denn ich lernte dort einen Gast kennen, der Priester war und große Sympathie für mich hegte. Ich verliebte mich in diesen Mann und machte mir Hoffnung auf eine Beziehung, aber leider ohne

Ergebnis. Die Liebe zu Gott und damit zu seiner Berufung ließen keinen Platz für die weltliche Liebe. Ich hatte damals großen Kummer, aber sein liebenswürdiges Wesen ist mir bis heute im Gedächtnis geblieben.

Ich fasste großen Mut und fuhr in eine große Stadt, um mich dort als Arbeitssuchende nach einer neuen Stelle umzuschauen. Es gefiel mir dort und ich wollte den mir vertrauten Radius verlassen und aus der gewohnten Kleinstadtatmosphäre ausbrechen, um meinen Horizont zu erweitern. Es hatte sich gelohnt, denn ich bekam eine Anstellung als Etagenhausdame in einem Hotel in Köln. Das war eine vielseitige und interessante Arbeit mit großer Verantwortung. Ich musste fünf Zimmermädchen auf meiner Etage in ihre Aufgaben einweisen und kontrollieren. Ich war Ansprechperson, wenn es um die Lösung verschiedener Probleme ging, lernte viele Menschen kennen und war rundherum zufrieden mit meiner Tätigkeit, die mir Anerkennung verschaffte. Da ich genug Geld verdiente, war ich wirtschaftlich unabhängig, konnte mir ein Auto kaufen und somit weiterhin im ländlichen Raum wohnen bleiben, da es schwierig war, eine bezahlbare Wohnung in der Stadt zu finden.

Relativ schnell baute ich mir einen Bekanntenkreis auf. Es gab Frauenfreundschaften, wir waren oft unterwegs in geselliger Runde, gingen tanzen, trafen andere Menschen und hatten viel Spaß. Wir fühlten eine gewisse Leichtigkeit, wenn wir uns nach getaner Arbeit amüsierten. Es war wie eine verdiente Belohnung und ein Stück Lebensfreude.

Ich lernte einen Mann kennen, das heißt, wir lernten ihn kennen. Er war irgendwann einfach in unserem Freundeskreis dabei, sah gut aus und war sehr charmant. Von Beruf war er Metzger, musste in mehreren Schichten arbeiten, deshalb konnte er auch nicht immer dabei sein, wenn wir uns trafen. Er war nett und witzig, schien zu uns zu passen und der Rest interessierte uns nicht sonderlich.

Alles, was sich dann in den folgenden Wochen und Monaten abgespielt hat, hört sich unglaublich an, fast so, als wäre es eine erfundene Geschichte, aber es hat sich tatsächlich genau so ereignet.

Es begann damit, dass unser neuer Bekannter mich fragte, ob ich ihm für einen Tag mein Auto ausleihen könnte. Ich sah keinen Grund, ihm diese Bitte abzuschlagen, obwohl ich ihn nur kurze Zeit kannte. Ich wusste gar nichts über ihn, aber ich war vertrauensselig und glaubte, dass er nichts Widriges vorhatte. Ich verlieh meinen Wagen ja nur für einen Tag, und da ich nicht lange arbeiten musste, war es passend für mich. Einige Freundinnen versuchten mich davon abzuhalten, weil es ihnen nicht ganz geheuer vorkam. Das stieß bei mir aber auf taube Ohren, schließlich hatte ich schon zugesagt und wollte keinen Rückzieher machen.

Ich sollte mich noch wundern, was alles passieren würde.

Nach beendeter Arbeit, ich ging wie immer am Portier vorbei, sagte man mir, ich solle einen Moment warten, da sei noch etwas zu besprechen. Ich war erstaunt, konnte mir nicht vorstellen, worum es ging, und wartete noch eine Weile. Dann kam die Polizei. Mein erster Gedanke ging zu meinen Kindern, ob sie wohlauf wären. Ganz nervös stellte ich Fragen, bekam aber keine klaren Antworten. Ich merkte im Laufe des Gespräches erleichtert, dass dieser Auftritt nichts mit meinen Kindern zu tun hatte. Was dann folgte, war ein richtiges Verhör. Die Polizisten fragten mich nach meinem Bekannten, ob ich ihn schon einmal gesehen hätte, sie zeigten mir sein Foto. Natürlich erzählte ich ihnen, dass ich mein Auto an jenem Morgen an diesen Mann verliehen hatte, konnte mir aber die vielen Fragen nicht erklären, alles war so rätselhaft. Mittlerweile hatte man den Hoteldirektor hinzugeholt, was die Situation für mich noch peinlicher machte, die Polizei war im Haus und ich stand im Mittelpunkt. Sie nahmen mich mit auf das Revier. Die Fahrt im Dienstwagen dauerte für mich gefühlt eine halbe Ewigkeit. Es wurde kaum gesprochen und ich ahnte noch nichts. Es gab eine Verbindung zwischen mir und der Tatsache, dass ich mein Auto einer gewissen Person gegeben hatte.

Die Auflösung war ein Schock. Dieser Mensch hatte versucht, eine Bank auszurauben, und zwar mit meinem Auto. Anhand des Autokennzeichens führte die Spur schnell zu mir. Ich konnte es nicht fassen und war völlig fertig. Jetzt hatte ich Klarheit. Man glaubte, ich sei die Komplizin dieses Überfalls. Sogar meine ehemalige Schwiegermutter sollte über mein Privatleben Auskunft geben. Stundenlang wurde ich weiterbefragt, aus meinem Mund kam die Wahrheit, nämlich, dass ich mit all dem nichts zu tun hatte. Also gaben sich die Polizisten irgendwann mit meinen Aussagen zufrieden, denn der Verdacht konnte nicht bestätigt werden. Am Ende war ich todmüde und konnte nach Hause fahren. Mein Auto sollte ich erst am nächsten Tag abholen. Ich sehnte mich nach Ruhe und wollte nur noch allein sein. Zu Hause angekommen, ging ich sofort ins Bad und genoss eine warme Dusche. Es kam mir vor, als würde ich den ganzen Schmutz, in den ich da hineingezogen worden war, einfach abwaschen.

Nachdem ich mich einigermaßen von diesem Stress erholt hatte, wollte ich gerne mit einer Freundin telefonieren und ihr das Geschehene mitteilen. Es tat so gut, dass sie sich Zeit für meine Sorgen nahm.

Noch während des Gesprächs klingelte es an meiner Wohnungstür. Einer der Kriminalbeamten, der auch am Verhör teilgenommen hatte, stand vor der Tür. Er sah den Telefonhörer in meiner Hand und fragte sofort, mit wem ich reden würde. Ich erwiderte ehrlich, dass es meine Freundin sei. Er glaubte mir nicht, das war mein Eindruck, und ich spürte in dieser Situation noch mehr. Dieser Mann erkannte meine Verunsicherung über sein plötzliches Auftreten und meine Angst, vielleicht doch noch bestraft zu werden im Fall des Bankraubs.

Ich war hilflos, in einer Notlage, ich fürchtete mich vor der Polizei, das machte er sich zunutze. Er vergewaltigte mich.

Ich wehrte mich nicht, ließ alles über mich ergehen.

Kein Wort sprach ich jemals darüber.

Einige Zeit später war die Gerichtsverhandlung. Ich sollte als Zeugin auftreten, meine Freundin begleitete mich. Unser Bekannter wurde zu einer mehrjährigen Gefängnisstrafe verurteilt. Im Laufe der Verhandlung erfuhren wir noch mehr über seinen Lebenswandel. Er war verheiratet und hatte eine Familie. Bei uns hatte er sich als alleinstehend ausgegeben. Offensichtlich war er in finanziellen Schwierigkeiten und suchte daher den Kontakt zu uns, um irgendetwas an der Situation zu ändern, wie auch immer er sich das vorstellte. Ich hatte es ihm einfach gemacht, denn er schenkte mir mehrmals Schmuck, den ich gar nicht annehmen wollte, aber er bestand darauf. Ich denke, er wollte mich und die anderen beeindrucken und wohlhabend wirken. Er konnte gut erzählen, war gesellig und spendabel. Wir schmunzelten oft über seine Auftritte, hätten aber nie gedacht, dass alles nur Schein ist und er zu einer solchen Tat fähig wäre. Manchmal sahen wir ihn eine ganze Weile nicht, im Nachhinein wussten wir warum, er führte ein Doppelleben und musste auch Zeit für seine Familie haben.

Den Schmuck hatte er seiner Frau gestohlen. Ich brachte ihn wieder zu ihr zurück, und es war gut so. Sie tat mir leid und ich war froh, diese Episode auf diese Weise beenden zu können.

Im Hotel hatte ich gekündigt, ich schämte mich so sehr. Eigentlich hätte ich weiter dort arbeiten können, viele Kolleginnen standen hinter mir und bestärkten mich auch zu bleiben.

Aber ich hatte keine Kraft mehr, fühlte mich schon bei Kleinigkeiten überfordert und traute mir die Aufgaben nicht mehr zu. In einem solchen Betrieb kann man sich das nicht leisten, da braucht es hundert Prozent Einsatz, und den konnte ich nicht mehr erbringen. Der Arzt musste mich krankschreiben, ich brauchte eine Auszeit. Das Personal war sehr nett zu mir und verabschiedete mich mit den besten Wünschen. Ich erholte mich nie wirklich von den Auswirkungen dieser Zeit, aber das wusste im Hotel niemand.

Anfang der 80er Jahre zog ich nach München, wo ich auch eine Arbeit fand. Es war für mich eine Zeit des Loslassens und der Entspannung, ich konnte Abstand gewinnen durch die weite Entfernung von zu Hause. Ich spürte Erleichterung für einen kurzen Zeitraum, konnte alles hinter mir lassen und anderen Gedanken in meinem Kopf Platz geben.

Ich las eine Anzeige in der Süddeutschen Zeitung, in der eine Familie eine Tagesmutter für drei Kinder suchte. Ich bewarb mich auf diese Stelle und nach langen Wochen des Wartens bekam ich eine Zusage. Die Kinder, die ich betreute, waren zwischen drei und zwölf Jahre alt.

Diese Arbeitsstelle war wie ein Geschenk und genau das Richtige für mich. Die Rolle der Tagesmutter war die meine, das spürte ich, und ich kümmerte mich gewissenhaft um die Kinder, die nicht meine eigenen waren. Sie lenkten mich so wunderbar ab von all dem Schmerz, der irgendwo tief vergraben in mir schlummerte.

Die Zeit in München gehört zu den schönsten, auf die ich zurückblicken kann. Alles war besser, fühlte sich leichter an als je zuvor.

Ich baute mir wieder einen Bekanntenkreis auf, hatte Freundinnen und wurde liebevoll angenommen. An den Wochenenden fuhren wir oft in die Berge, in der Stadt gab es die Oper und das Theater.

Während dieser Jahre hatte ich einen längeren Krankenhausaufenthalt wegen einer Gallen-OP, von dem auch Mutter wusste, sie hat mich jedoch nie besucht. Es war bitter, aber eigentlich hatte ich es auch nicht von ihr erwartet.

Hier boten sich so viele Möglichkeiten, ein schönes und abwechslungsreiches Leben zu führen, was ich auch umsetzte, jedoch beschlich mich immer wieder eine Unruhe, die nicht weichen wollte und dazu führte, dass ich nach einigen Jahren in die Heimat zurückging.

Auch hier arbeitete ich weiter als Tagesmutter, weil ich bewiesen hatte, dass ich im Umgang mit Kindern kompetent war, und diese Aufgabe mich erfüllte. So bekam ich Stellenangebote vom Jugendamt als auch von privat.

Der Hauptgrund, wieder zurückzukehren, war, die Nähe meiner Tochter zu suchen. Sie hatte mittlerweile das Alter erreicht, um mit ihr Kontakt aufnehmen zu können. Ich wollte für sie präsent sein, kein Risiko eingehen, dass sie mich nicht jederzeit erreichen kann, einen Anruf tätigen, einen Brief einwerfen oder mich treffen kann, wenn sie es wünscht.

Irgendwann war es dann so weit. Es gab einige vorsichtige Annäherungen, ich ließ ihr Zeit. Ich wollte nichts zerstören, was noch nicht einmal richtig begonnen hatte. Sie stellte viele Fragen, das war ihr gutes Recht. Ob sie meine Antworten zufrieden stellten, weiß ich nicht genau. Aber sie ist mir geblieben, sie hat sich nicht abgewendet oder zurückgezogen.

Meine Tochter hat unserer Beziehung eine Chance gegeben.

Genau das macht mich sehr glücklich.

Kapitel 8

Ein neues Jahrhundert war angebrochen und gleichzeitig feierten wir Millennium. Irgendwie hatte ich das Gefühl, dass sich auch bei mir eine Zeitenwende vollzog. Im Sommer des Jahres 2000 gab ich eine Zeitungsannonce auf, in der ich einen Partner suchte. Es kamen viele Briefe, ich las sie aufmerksam durch und nahm mir genügend Zeit mit der Auswahl. Ich hatte schon zu viel Negatives erlebt, das sollte sich nicht noch einmal wiederholen. Dann traf ich eine Entscheidung.

Dieser Mann hatte einen sehr emotionalen Brief geschrieben, der mich berührte. Er war Witwer, alleinstehend und fühlte sich einsam. Seit zwei Jahren suchte er eine liebe Frau, die mit ihm das Leben teilen wollte, um die Zweisamkeit zu genießen. Das klang nach Sensibilität und Geduld, denn jemand, der zwei Jahre und vielleicht noch länger auf die richtige Frau wartete, der konnte nicht böse, herrschsüchtig oder ungerecht sein. Ich glaubte, einen lieben Menschen gefunden zu haben, also antwortete ich auf seinen Brief und wir trafen uns.

Er kam auf mich zu, ich beobachtete ihn genau, seine Art zu gehen und mich von Weitem anzusehen. Die ganze Situation überforderte mich und ich war so abgeschreckt und verspürte den dringenden Wunsch, sofort wegzulaufen. Am besten, ich drehte mich um, als wäre ich nicht gemeint, aber ich blieb stehen. Ich dachte, dies ist ein Film und ich bin mittendrin. Ich rührte mich nicht, wartete noch einen Moment und stellte mich ihm dann vor. Wir redeten eine Zeit lang und ich beantwortete seine Fragen. Wir trafen uns öfter und später regelmäßig.

Ich zog bei ihm ein, keine Zeitenwende. Was für ein fataler Fehler!

Er war selbstsicher, beinahe arrogant und hatte ein Alkoholproblem. Er brauchte mich, um Macht auszuüben, sich groß zu machen, der Herr im Hause zu sein. Wenn man allein lebt, dann fehlt ein möglichst schwaches Gegenüber, dem man das demonstrieren kann, und das hatte er jetzt in mir gefunden. Wieder einmal ließ ich alles geschehen.

54 Jahre alt, verwitwet, Beamter, Kinder, die schon eigene Familien gegründet hatten. Alle mit Niveau, Bildung und herausragender Berufskarriere.

Er selbst kam aus sehr ärmlichen Verhältnissen. Seine Eltern waren im Krieg ums Leben gekommen und so wuchs er bei den Großeltern auf. Wir hatten gute Vorausetzungen für einen gemeinsamen Weg. Ich hätte seine Einsamkeit als Kind nachempfinden können und er meine Hilflosigkeit in einem Umfeld von Gewalt und Vernachlässigung. Es waren eigentlich ähnliche Ausgangsbedingungen, denn wir waren von Kindesbeinen an auf uns allein gestellt.

Jetzt hatten wir die Gelegenheit, füreinander da zu sein und uns eine wertvolle Gegenwart und Zukunft schaffen zu können. Aber das passte weder in sein noch in mein Lebensmuster.

Es ging unvorstellbar schnell, bis er seinen wahren Charakter offenbarte. Er war unberechenbar, bekam Wutausbrüche und war sehr beleidigend. Wenn wir ausgingen, trank er sehr viel Alkohol, dann wurde er böse und gemein zu mir. In den Lokalitäten, die wir besuchten, interessierten ihn nur die anderen Frauen, denen spendierte er Getränke und flirtete. Je betrunkener er wurde, desto mehr spielte er sich auf, hatte die Lacher auf seiner Seite. Seine Geselligkeit brachte ihm Sympathie ein und er wirkte dadurch fast charmant.

Ich beobachtete das alles aus der hintersten Ecke, denn dort hatte er mich im wahrsten Sinne des Wortes abgestellt. Hier wartete ich ergeben, bis sich das Ende des Schauspiels abzeichnete. Wenn er genug hatte von Bier und Schnaps, von den Frauen und der ganzen Gesellschaft, war ich wieder existent und spielte zu Hause die Rolle, die er für seinen Egoismus brauchte. Alles, was er am Abend nicht bekam, sollte ich nun liefern.

Er war besitzergreifend, so verstand er unser Verhältnis wohl auch, denn er konnte mit mir machen, was er wollte. Wenn ich nur den Versuch unternahm, mich zu wehren, mich gegen ihn zu stellen und nicht mitzumachen, wurde ich aufs Übelste beschimpft, beleidigt und gedemütigt.

Ich sollte ihm immer und überall zur Verfügung stehen, wie eine Sklavin. Ich hatte Angst vor seinem Jähzorn und seiner Gewalt, alles war wieder so, wie ich es kannte.

Seine Kinder schüttelten den Kopf, sie kannten das Verhalten ihres Vaters und auch meins. Sie sagten, ich sei wie ihre Mutter, die sich auch alles hätte gefallen lassen.

Er brauchte solche Frauen, die nicht NEIN sagen konnten, und in mir hatte er genau diese gefunden. Ich hatte nie gelernt, konsequent zu sein und meine eigenen Ansprüche durchzusetzen, zu sagen, was ich nicht wollte. Ich glaube, ein NEIN existierte noch nicht einmal in meinem Kopf, weil ich es nie wagte, meine eigenen Bedürfnisse in den Vordergrund zu stellen. Bis es dazu kam, dass sich eine klare Haltung in mir entwickelte, dauerte es noch eine sehr lange Zeit.

Ich war in sein Haus eingezogen und hatte meine Wohnung aufgegeben. Ich funktionierte recht gut, indem ich ordentlich den Haushalt führte, so dass er eigentlich keinen Grund zu klagen hatte. Aber er musste immer wieder zeigen, was für ein Mann er war und dass ihm niemand auf dem Kopf herumtanzen konnte. Unter seiner Dominanz sollte jeder gehorchen.

Er hatte keine Freunde, soweit ich das beurteilen kann. Er umgab sich am liebsten nur mit Menschen, die ein niedriges Bildungsniveau hatten, weil er auf sie herabschauen konnte.

Am Wochenende kamen die Kinder und Enkelkinder. Das waren fast die einzigen Kontakte, die es gab. Ich erfüllte dann meine Rolle, indem ich alles gut vorbereitete und für alle kochte.

Ständig lief ich zwischen Küche und Esszimmer hin und her, als die Schwiegertochter plötzlich hinter mir stand und mir mit verächtlicher Stimme ins Ohr zischte, dass ich nie ihre Schwiegermutter werden würde, da könnte ich mich noch so anstrengen.

Ich wusste nicht, was ich von diesem Ausspruch halten sollte, was hatte ich falsch gemacht? Gab es Gespräche oder Andeutungen, die ich überhört hatte? Er stand daneben und sagte kein Wort. Alle waren offensichtlich einer Meinung, nämlich dass ich der wertloseste Mensch im Raum war.

Heute frage ich mich, warum ich nicht auf der Stelle gegangen bin, es hätte so einfach sein können.

Niemand hatte Achtung vor mir, ich erlebte es leider sehr oft, aber dass dieser harmlose Satz mir das so vor Augen führte, war neu für mich. Wie konnte es nur so weit kommen? Ich stand ratlos da, vielleicht schämte ich mich sogar, aber nicht, weil ich mich schuldig fühlte, sondern weil ich so hilflos war. Aber etwas rührte sich in mir und es kam endlich zu einer bemerkenswerten Veränderung: Ich sprach ihm auch jegliche Achtung ab.

Zum ersten Mal hatte ich verstanden, dass eigentlich jedem Menschen gebührender Respekt zusteht, doch er hatte es nicht verdient, und ich nahm mir jetzt die Freiheit, ihm diese Anerkennung nicht zu geben.

Es sollten noch viele Jahre vergehen, bis ich meine Selbstachtung zurückerlangte und mich wehren konnte.

Ich suchte mir wieder eine eigene Wohnung, ein erster guter Schritt, bei dem es vorerst blieb. Aber es ging mir schlecht, ich war am Ende, mein Körper war voller Schmerz. Ich führte mein Leben mit ihm so weiter, ließ mich demütigen und ließ vieles geschehen, was ich mir bis heute nicht erklären kann. Immer wieder gab es Situationen, die mich warnten und mir bedeuteten, dass es Zeit für Konsequenzen war, aber ich verdrängte es einfach.

Wir waren eingeladen, seine Enkelin hatte Geburtstag. Der Nachmittag begann harmonisch, alle saßen an der Kaffeetafel und schauten gelegentlich nach dem neugeborenen Geschwisterkind, dass im Stubenwagen lag und schlief. Irgendwann fing das Baby an zu weinen. Sosehr die Mutter sich auch kümmerte, es wollte nicht mehr aufhören. Die Kleine wurde trotzdem wieder in ihr Bettchen gelegt und man begab sich wieder zu Tisch.

Mich beunruhigte das Weinen und ich stand auf, nahm das jammernde Bündel sanft heraus und begann mit ihm auf und ab zu gehen. Die Kleine lag auf meinem Arm und ließ sich von mir wiegend durchs Zimmer tragen, dabei summte ich ein leises Lied. Das Kind wurde ruhiger und hörte schließlich auf zu weinen, ich war zufrieden.

Und dann, völlig unerwartet, fing dieser Mann, der Großvater, an zu schreien, sein Kopf rot vor Wut sprang er auf und zeigte mit dem Finger auf mich und das Baby:

Warum es jetzt so ruhig wäre, es hätte mit *der* da doch nichts zu tun, sprach er laut zu dem Neugeborenen.

Ich starrte ihn an, wusste überhaupt nicht zu reagieren. Er brüllte in Richtung des Kindes, meinte aber mich. Er wollte mir klarmachen, dass mich das Baby nichts angeht und ich mich in familiäre Dinge nicht einzumischen hätte.

Hilfe suchend blickte ich in die Runde, erwartete, dass seine Tochter ihn in seine Schranken verweisen würde, aber nichts dergleichen geschah, auch kein Wort des Dankes an mich, dass ich ihren Säugling liebevoll beruhigt hatte.

Wir fuhren kurz nach diesem Vorfall nach Hause und ich war froh, wieder allein in meiner Wohnung zu sein. Ich weinte Tränen der Verzweiflung, stundenlang, war fassungslos über ein solches Verhalten, aber es reichte immer noch nicht, diese Beziehung zu beenden.

Ich kaufte mir ein Buch mit dem Titel »Du machst mich krank«. Ich zeigte es ihm, in der Erwartung, dass wir darüber ins Gespräch kommen könnten, um an unserer Beziehung doch noch etwas zu ändern. Eigene Worte fielen mir schwer, also dachte ich, das Buch könnte ihm vermitteln, was ich nicht aussprechen konnte, nämlich welche Meinung ich von ihm hatte.

Aber dieser Versuch scheiterte. Er rastete völlig aus, nahm das

Buch, warf es mit aller Kraft durch mein Wohnzimmer, mehrere Blumentöpfe fielen von der Fensterbank und es landete zerfleddert in der Erde.

Ich hatte, wie so oft, große Angst vor seinem Jähzorn, seiner Unberechenbarkeit und den Gewaltausbrüchen, so dass ich erleichtert war, als er wortlos und hastig meine Wohnung verließ.

Ich dachte, dass es jetzt endlich vorbei wäre mit uns. Insgeheim wünschte ich mir, dass dieses Buch für ihn der Auslöser wäre, die unsägliche Beziehung zu beenden. Ich wollte es ihm zeigen und hoffte, er träfe in seiner Wut die Entscheidung, für immer zu gehen. Er sollte verantwortlich für diesen Schritt sein, damit ich mich endlich aus seinen Fängen befreien könnte, aber so weit kam es leider nicht.

Kurze Zeit später stand er wieder vor meiner Tür und ich ließ ihn herein. Mir wurde klar, dass ich diejenige war, die etwas unternehmen musste, denn ich allein trug die Verantwortung für mein Leben. Das konnte mir niemand abnehmen und dieser Mann schon gar nicht.

Ich hatte eine beste Freundin, wir kannten uns schon sehr lange. Es war gut, dass ich einen lieben Menschen hatte, dem ich erzählen konnte, wie es mir ging. Helfen konnte sie mir nicht, aber mir zuhören, und das war wichtig. Ich konnte ihr alles anvertrauen, dachte ich, aber da hatte ich mich getäuscht. Irgendwann merkte ich, dass sie alles weitertrug; Geschichten, die nicht für fremde Ohren bestimmt waren, machten plötzlich die Runde. Ich war entsetzt und enttäuscht von ihr. Meine Gutgläubigkeit machte mir wieder einen Strich durch die Rechnung, ich hatte zu leichtsinnig in ihr eine wahre Freundin gesehen. Mein Partner hatte immer über diese Frau geschimpft, sich mit verächtlichen Worten über sie ausgelassen, so etwas konnte er ja gut, deswegen hatte ich sie ständig verteidigt.

Er hatte tatsächlich mehr Menschenkenntnis als ich, das muss ich ihm im Nachhinein zugestehen. Solche negativen Vermutungen gegen diese Frau wären mir nie in den Sinn gekommen.

Damals hatte ich wenige klare Gedanken, da gab es keine Überlegungen, die mir den Weg aufgezeigt hätten, den Weg zu einem besseren Leben.

Es ging also noch eine Zeit weiter mit ihm. Er verlangte Geld von mir, weil er wusste, dass ich einiges gespart hatte. Wir gingen zur Bank und ich gab ihm einen größeren Geldbetrag. So einfach war das für ihn, er bekam, was er wollte, fast, denn ich gab ihm nicht mein ganzes Geld.

Menschen um uns herum bemerkten auch, dass da etwas nicht in Ordnung war, aber es wollte sich keiner einmischen oder Ärger einhandeln. Auch der Bankmitarbeiter war skeptisch, aber wir waren eben Kunden wie andere auch, deren Privatleben außen vor blieb.

Viele Monate später bekam ich mein Geld zurück. Ich hatte ihm mit der Polizei gedroht und war dann sehr überrascht, wie leicht ich dadurch zu meinem Recht kam.

Im November 2011 kam ich für drei Wochen zur Kur.

Ich erinnere mich, als Kind auch einmal in einer solchen Einrichtung gewesen zu sein; ich ging damals noch nicht zur Schule. Ich musste Grünkohl dort essen, es war eklig und ich erbrach mich aber der Teller musste leer gegessen werden.

Nun, ich freute mich jetzt auf diese Zeit, die mir endlich die ersehnte Ruhe bringen sollte, aber es kam ganz anders. Der Mann, von dem ich mich lossagen wollte, fuhr mir tatsächlich nach und schaffte es wie zu Hause, mich zu beschimpfen und zu beleidigen. Ich konnte ihn nicht vertreiben, es gelang mir einfach nicht. Jeder sah meine Hilflosigkeit und Ohnmacht, doch helfen tat niemand. Wieder dieses Gefühl, alleingelassen zu werden, weil ich es alleinenicht schaffte, ihn zurückzuweisen, fortzuschicken und ihn klar aus meinem Leben zu streichen.

Doch endlich kam der Zeitpunkt und ich ahnte noch nicht, dass es an diesem Tag so weit sein würde. Diese letzte Episode der Beziehung ereignete sich an Heiligabend. Mein Sohn wollte mich über die Feiertage besuchen. Ich freute mich auf ihn, wollte Gutes kochen und ihn verwöhnen. Er aß gern Fleisch, also wollte ich etwas Besonderes zubereiten. Ich war nicht allein in der Küche. Ihn interessierte mein Sohn nicht. Er schimpfte lauthals ohne Unterbrechung. Ich versuchte mich dabei nur auf das Kochen zu konzentrieren und ihn auszublenden. Ich wollte mir von diesem Mann das Weihnachtsfest mit meinem Sohn nicht kaputt machen lassen. Ich hatte großen Stress, denn er brüllte jetzt noch mehr. Seit elf Jahren kannte ich ihn bereits und somit auch die Anzeichen in seinem Gesicht, die mir sofort sagten, dass er gleich die Beherrschung verlieren würde. Seine Lippen wurden dünn und blau und er schrie wie ein Stier, noch nie zuvor hatte ich ihn so gehört. Sein Kopf verfärbte sich dunkelrot, Schuppen fielen ihm aus dem Gesicht auf sein Hemd.

Und mir wurde übel, richtig übel. Mein Magen krampfte sich zusammen und ich spürte einen Brechreiz, den ich fast nicht zurückhalten konnte. Er war ekelhaft.

Jetzt wurde *ich* sehr böse und laut. Die Kraft in meiner Stimme überwältigte mich, es kam heraus, was sich schon lange in mir aufgestaut hatte und nun ausbrach. Er hatte das Fass zum Überlaufen gebracht. Ich war von mir selbst überrascht und er offensichtlich auch. Ich forderte ihn auf, mir meinen Wohnungsschlüssel zu geben, einfach so: Er solle ihn mir jetzt geben! Und dann gehen und meine Wohnung verlassen, sofort!

Er ging tatsächlich. Ich blieb zurück, erschöpft, ausgelaugt mit zitternden Händen.

Das Geschirrtuch lag auf dem Boden und das Fleischmesser auf der Anrichte.

Ich holte tief Luft, erstaunt nahm ich die Stille in der Küche wahr.

Vorsichtig begann ich die Fettschicht vom Fleisch zu lösen und es mit Pfeffer und Salz einzureiben.

Es wurden ruhige Feiertage.

Er versuchte immer wieder Kontakt mit mir aufzunehmen.

Ich blieb standhaft.

Kapitel 9

Als die Trennung vollzogen war, begannen meine gesundheitlichen Probleme. Tagsüber war ich nervös und überdreht, hatte eine blasse Gesichtsfarbe und dunkle Ringe unter den Augen.

Da ich nachts nicht mehr schlafen konnte, war ich immer sehr müde und unkonzentriert.

Wenn ich die Zeitung las, fielen mir häufig die Augen zu und ich konnte mich kurze Zeit später nicht mehr daran erinnern, was im Text stand. Aber ich musste mich beherrschen und wollte keine Schwäche zeigen, da ich eine gute Anstellung im Haushalt hatte und diese nicht verlieren wollte.

Eines Tages erlitt ich einen weiteren Rückschlag. Schwindel stellte sich ein, mit Sehstörungen und Kopfschmerzen. Aber was mir am meisten Sorge bereitete, war meine Vergesslichkeit. Das machte mir große Angst, weil ich dachte, mit meinem Kopf stimme etwas nicht, und bildete mir dann ein, es könnte vielleicht ein Tumor sein.

Ich suchte verschiedene Ärzte auf, die aber keine negativen Diagnosen stellten. Zuletzt hatte ich einen Termin bei einer Augenärztin, deren Ergebnisse auch ohne Befund waren. Ihre Vermutungen bezüglich meines Gesundheitszustands waren aber ganz andere. Sie sprach von psychischen Störungen bei mir, alles deute darauf hin.

Diese Diagnose war für mich befremdlich, ich wollte das gar nicht so recht glauben und war verunsichert. Aber das Krankheitsbild führte in meine Seele.

Alle schrecklichen Erlebnisse hatte ich bis zu diesem Zeitpunkt erfolgreich verdrängt, nur mein Körper vergaß sie nicht. Die Vergangenheit war noch da und bahnte sich ihren Weg an die Oberfläche. Es war ein Signal, mich mit meinem Leben auseinanderzusetzen. Dazu war ich jedoch noch nicht bereit, denn ich schob die düsteren Gedanken beiseite, als ich auf dem Weg der Besserung war.

Weihnachten 2015 fuhr ich mit einem befreundeten Ehepaar in den Bayerischen Wald. Die Luftveränderung in dieser schönen Umgebung war genau das Richtige für mich. Wir machten viele Wanderungen und ich fühlte mich fast wie neugeboren. Als wir von der Besichtigung einer Glasfabrik kamen, wollte ich den Rückweg allein zu Fuß antreten, da mir das Laufen so viel Freude machte. Ich ging forsch los und plötzlich begann eine Attacke mit Sehstörungen und Schwindel, so dass ich mich kaum noch auf den Beinen halten konnte. Ich sah Doppelbilder vor den Augen und hatte Angst, auf die Straße zu stürzen. Große Panik ergriff mich und es dauerte ewig lange, bis ich endlich die Pension erreichte. Die Freunde riefen sofort den Notarzt. Ich kam in ein Krankenhaus mit Verdacht auf Schlaganfall.

Ich fühlte mich so elend, alles drehte sich um mich herum, es gab kein Oben und kein Unten, kein Links und kein Rechts. Aber die Ärzte hatten nichts feststellen können, wieder ohne Befund. Ich war verzweifelt, es wäre mir lieber gewesen, man hätte eine schlimme Krankheit diagnostiziert, denn so hatte ich das Gefühl, unglaubwürdig zu erscheinen, als hätte ich mir meinen Zustand nur eingebildet.

Wieder zu Hause, trat monatelang keine Besserung meines Gesundheitszustands auf. Ich traute mich an manchen Tagen nicht, aus der Wohnung nach draußen zu gehen, es kam auch vor, dass ich einfach im Bett blieb. Mir fehlte Kraft und Energie und ich fragte mich, wie lange dieser Zustand noch anhalten würde. Ich war verunsichert, wusste nicht, wie es weitergehen sollte.

Irgendwann rief meine Schwester an, sie wollte mich einladen. Ich sagte ab, murmelte Worte wie »krank« und »zu müde« ins Telefon und sie nahm das so hin. Ich dachte, dass es gerade kein sinnvoller Moment für einen Besuch bei ihr wäre, da das Verhältnis zu meinen Geschwistern kein gutes ist. Da es mir so schlecht ging, wusste ich nicht, ob ich überhaupt einem solchen Zusammentreffen standhalten würde.

Ich fühlte mich schon als Kind von meinen Geschwistern nicht akzeptiert, obwohl ich die Älteste bin. Wir waren zu unterschiedlich. Ich habe als Einzige gelesen und mich für vieles interessiert, doch alles, was mit Bildung im Zusammenhang stand, wurde von ihnen belächelt. Es war kein einfaches Zusammenleben mit ihnen.

Trotzdem fasste ich den Entschluss aufzustehen. Ich wollte mich wieder im Griff haben, setzte mich also ins Auto und fuhr zu meiner Schwester. Ich wusste, wenn ich mich jetzt nicht gegen meinen Körper zur Wehr setzte, mich weiterhin auf diesen Zustand der Ohnmacht einlassen würde, hätte ich verloren gegen das Leben. Geschwächt und mit wackeligen Beinen erreichte ich die Wohnung meiner Schwester. Zurückhaltend und wortkarg überstand ich diesen Besuch, der mir wieder mal offenbarte, dass ich nicht dazugehörte.

Es ist noch nicht lange Zeit her, da musste ich Abschied nehmen von meiner lieben Freundin, sie war verstorben. Ich kannte sie seit meiner Jugend. Wir waren nicht immer beieinander, unsere Wege trennten sich, wie das oft durch äußere Umstände geschieht. Aber wir hielten den Kontakt aufrecht und sahen uns wieder. Sie war mir eine Vertraute geblieben über all die Jahre. Ihr Verlust war schmerzlich für mich und verzögerte meine Genesung.

Bald jedoch beschloss ich, meinem Leiden den Kampf anzusagen, ich wollte wieder gesund werden.

Der Schwindel wurde von Tag zu Tag weniger, die Sehstörungen gingen zurück und ich benötigte keine Brille mehr zum Lesen. Meine Augen konnten wieder klar sehen.

Ich fing an, in meinem Leben aufzuräumen.

Ich begann damit, alles aufzuschreiben.

Erinnerungen können trügerisch sein. Wer ehrlich in sich hineinschaut, wird das vielleicht bestätigen. Man behält am liebsten das im Gedächtnis, was sich gut und richtig anfühlt.

Vieles geht verloren, es gibt dann einzelne Fetzen, die nicht zueinanderpassen wollen. Man mischt noch etwas dazu, gibt sich erfinderisch und stellt das nicht in Frage. Der negative Teil des Lebens wird korrigiert, überarbeitet, nachgebessert. Das geschieht nicht einmal bewusst.

Auf diese Weise hilft das Gehirn einem Menschen, mit traumatischen Erlebnissen umzugehen und weiterzuleben, und das ist gut so.

Erinnern bedeutet, vergangene Geschehnisse wiederzubeleben. Plötzlich tauchen Bilder auf, als wäre es gestern gewesen. Die Erinnerung an jedes Detail wird wach und man weiß genau, dass es so war und nicht anders. Menschen, Situationen, Gerüche und Gefühle erlebt man noch einmal und wird berührt, manchmal in seinem tiefsten Inneren getroffen und zurückgeworfen.

Das Erinnerungsvermögen gehört zum menschlichen Leben. Es werden Ereignisse aus der Vergangenheit erzählt, weil es jemanden interessiert und man sich selbst dadurch ein Stück Identität verschafft, an dem andere teilhaben können.

Ich erzähle dir, was ich erlebt habe, und du weißt, wer ich bin.

Das ganze Leben besteht aus Erinnerungen.

Der Weg, den ich gehen musste, war steinig und mühsam.

Ich trug mein Kreuz und brach zusammen, die Last war zu schwer.

Der Aufstieg zum Gipfel beschwerlich, denn meine Tränen nahmen mir die Sicht.

Aber ich musste hinauf, dort finde ich meine Erlösung.

Befreiung vom Schmerz.

Als Sklave ging ich den Berg hinauf und als freier Mensch hinunter.

Jesus hat mich frei gemacht.

Nachwort

Für die Unterstützung und Anteilnahme in meiner schwierigen Situation möchte ich mich bei folgenden Personen bedanken:

Herr Kommissar Lück, Herr Kommissar Jung und Frau Kommissarin Daniela Schumacher, der ich folgende Zeilen widmen möchte:

Ich habe lange überlegt, ob ich Deine menschliche Zuwendung, die stille Umarmung, die Du mir entgegengebracht hast nach einer schwierigen Zeit, hier öffentlich ansprechen soll.

Ich denke, dass Du es verdient hast, nicht nur als Polizeibeamtin, sondern auch als Mensch.

Du hast mir zugehört, wenn ich verzweifelt war. Das war für mich wertvoller als tausend Worte. Du hast mich in eine Gemeinschaft eingeführt, in der Vertrauen und Glaube an Gott präsent sind. Du bist noch sehr jung, trotzdem kann ich von Dir viel lernen, und das hat große Bedeutung für mich. Ich wünsche Dir auf Deinem weiteren Lebensweg nur das Beste, und behalte Deine Menschlichkeit.

Nach Beendigung dieses Buches lasse ich allen Schmerz der Demütigungen zurück und vergebe denen, die mir Leid zufügten, indem sie mich missachtet und ausgegrenzt haben.

Ich vergebe meinen Eltern, die mir eine unglückliche, lieblose Kindheit bereitet haben und nicht in der Lage waren, mir eine gute Basis für mein weiteres Leben zu ermöglichen. Ich suchte Schutz in der Natur, wenn die Situation mit den Eltern unerträglich wurde.

Ich vergebe meinen Lehrern, die mich mit körperlicher Gewalt missbrauchten. Der Geschichtsunterricht hat schon immer mein Interesse geweckt, aber dadurch hatte ich den Ärger des Lehrers auf mich gezogen, der mich erniedrigte mit den Worten: »Nimm deinen Ranzen und verschwinde!« Ich vergebe der dörflichen Gemeinde: Eltern, deren Kinder nicht mit mir spielen durften, was ich nie verstehen konnte. Somit habe ich mich allein in meine phantasievolle Welt begeben und in meiner Not nach Gott gerufen.

Ich vergebe meinem italienischen Ehemann, der nur Gewalt an mir ausübte, mich missbrauchte und meine Kinder ins Unglück führte.

Ich vergebe dem Witwer, der mich seelisch misshandelte durch die Boshaftigkeit und Aggression seiner Worte. Der Schmerz und das Leid von diesem Mann sind bis heute gegenwärtig, doch nur so kann ich meinen Frieden finden.

Jetzt kann ich mich befreien von all der Last und dem Druck dieser leidvollen Jahre. *Ich* habe entschieden über die Menschen meiner Vergangenheit und gebe somit der Zukunft wieder Hoffnung.

Möge Gott mein Herz
mit Frieden erfüllen
und mein Leben mit Freude.

Autorenvita

Ich, Francesca del Sarde wuchs mit vielen Geschwister in Armut und Gewalt auf. Ich absolvierte eine Ausbildung im Einzelhandel und arbeitete später im Privathaushalt. Schon als Kind interessierte ich mich für Bücher, was man in meinem familiären Umfeld verhindern wollte, aber ohne Erfolg. Meine Beziehungen zu Männern scheiterten an deren Dominanz und Gewalt, die auch meine vier Kinder erleben mussten.
Ich bin eine gläubige Christin und lebe heute alleine, liebe Wanderungen in der Natur, besuche gerne die Oper und erfreue der Literatur.
Dieses Buch habe ich geschrieben, um mich von der Last meiner Vergangenheit zu befreien.

Francesca del Sarde